「……あっ」

気がついたときにはすでに遅く、
敷布のはしは王の手に握られていた。

「おやめください」

次に起こることを予想して、冴紗の声は震えた。

illustration.HINAKO TAKANAGA

# 神官は王に愛される

The priest is loved by the king.

吉田珠姫
TAMAKI YOSHIDA presents

KAIOHSHA ガッシュ文庫

イラスト☆高永ひなこ

# 神官は王に愛される



CONTENTS

★本作品の内容はすべてフィクションです。
実在の人物・地名・団体・事件などとは一切関係ありません。

# I　大神殿

祈りの堂は静寂《せいじゃく》だけに支配されていた。

天窓《てんまど》からは幽《かす》かな月光《げっこう》がさすのみ、だが祭壇《さいだん》にひざまずいている冴紗《さしゃ》のまわりには、聖なる光暈《こううん》が闇《やみ》を払うかのごとくとりまいていた。

彼の髪は、虹色《にじいろ》であった。

さす光の色合い、角度により、七色《なないろ》に変わる。その輝ける髪を、長く身の丈《たけ》ほども伸《の》ばし、さらには、瞳までもが虹の色。

あえかな、花のごとき面差《おもざ》しと姿態《したい》。

『聖虹使《せいこうし》さま』、と。

人々は奇跡の容姿を持つ冴紗をそう呼んだ。

偉大なる虹霓神《こうげいしん》の、尊《とうと》き御子《みこ》であられると。

太陽と月の上に虹のかかるこの地では、『虹霓神《こうげいしん》』が天帝《てんてい》とされる。

王は太陽神《たいようしん》の化身《けしん》。王妃《おうひ》は月神《げっしん》の化身。

そして、二神《にしん》を従《したが》える虹《にじ》の神こそが、天の最高神《さいこうしん》。

むろん虹霓神《こうげいしん》の御子《みこ》とされる『聖虹使《せいこうし》』も、王より高貴《こうき》に位置づけられる。

天に向かい、冴紗は苦《にが》く独語《どくご》した。

「……わたしごときが、そのような尊《とうと》いお役目を担《にな》っているわけがございませんのに……」

心の弱い、邪《よこしま》な想いに囚《とら》われた自分なぞが、神の御子であるわけがない。自分は間違いなく徒人《ただびと》である、と。

幾度おなじことを申し上げて、お役目を辞《じ》そうとしたことか。

じっさい、いまはまだ『聖虹使』という立場ではない。『次期聖虹使』と言ったほうが正しいのだが、……人々は冴紗の姿を目にしただけで畏敬《いけい》の念をいだいてしまうらしい。聖なるお姿を拝見できただけでありがたい、と平伏《へいふく》して泣き崩《くず》れてしまう者も多かった。

ゆえに、いやおうもなしに責務《せきむ》をはたさねばならぬ。民たちの心のなかでは、冴紗はすでに『聖虹使』であるのだから。

冴紗は視線をおのれの胸元に落とした。

……この、…せいもあるのでしょうが……。

長く裳裾《もすそ》を引く神官服《しんかんふく》は、光を集める虹織物《にじおりもの》である。

そのうえ、高価な虹石《にじいし》をはめこんだ、額《ひたい》、首、腕《うで》の飾《かざ》り。

光によって七色に煌《きら》めく虹色は、本来『聖虹使』の地位に即《つ》いた者しか身につけられぬ。虹は聖なる禁色《きんじき》なのだ。

このまばゆい品々を身にまとっていれば、たとえ木偶《でく》の人形であったとしても神々《こうごう》しく見えるであろう。

冴紗は哀《かな》しい気分で思った。

……聖色《せいしき》を賜《たまわ》わったときから、わたしは逃げられなかったのでしょうね。

たしかにまだ、正式な儀式《ぎしき》はすんでいない。

だがまもなく冴紗は二十の歳を迎える。

人々は待ち望んでいる。冴紗がまこと、神の御子になる日を。

王の許可さえおりれば、儀式はあすにでもとり行なわれる。

冴紗は徒人《ただびと》の身でありながら、心にやましい想いをかかえながら、聖虹使《せいこうし》にならねばならぬのだ。


「失礼いたします！　冴紗《さしゃ》さま！」

背後からの声に、冴紗は驚いて振りかえった。

よほどのことがないかぎり、祈りの堂には人は近づかぬ決まりであった。

「どうかしたのですか？」

逆光《ぎゃっこう》で影しか見えぬ扉のむこうに目を細めながら、冴紗は尋《たず》ねた。

「なにか急用でも？」

振りかえる動きで、髪だけではなく、瞳までもが清艶《せいえん》な虹の光を放つ。

「……お、お祈りのさなか、失礼を。お部屋にいらっしゃらなかったので、こちらではないかと…」

伝令《でんれい》に来た若い神官和基《わき》は、かるく言い淀《よど》みながら話しだした。よほどあわてているのか、手燭《てしょく》の灯《あか》りさえもが揺《ゆ》れている。

「じ、じつは、ただいま、王の使者が、」

祭壇上《さいだんじょう》から冴紗が見つめかえすと、和基はどぎまぎした様子で視線を落とす。

いつものことであった。

民《たみ》のみならず、神官たちでさえ、冴紗の姿を見ると同様の反応を示す。近くで見つめると、おのれの視線で冴紗を穢《けが》してしまうと畏《おそ》れてでもいるように。

慣れたくはないが慣れてしまっている冴紗は、やわらかな声で先を促《うなが》した。

「王のご使者さまが、なにか？」

頭を下げたまま、和基は言葉をつづけた。

「はい。また羅剛王《らごうおう》がお怒りだそうで…」

言葉のはしばしに怒りが滲《にじ》んでいる。

冴紗はため息をついて立ちあがった。

しゃら、と触れ合った飾り石が、天界の楽《がく》の音《ね》のごとく響く。

「それで、王宮《おうきゅう》からお呼びがかかったのですか」

「はい。王のご命令ですので、即刻《そっこく》おこしくださるようにと、…竜騎士団《りゅうきしだん》がお迎えに」

冴紗はふたたび深いため息をついた。

神官たるもの、そうそう感情をあらわにしてはならぬのだが、この件にはさすがに困りはてていた。

先王《せんおう》がご崩御《ほうぎょ》なさったあと、年若くして王になった羅剛王は、気にいらぬことがひとつでもあると癇癪《かんしゃく》をおこし、そうなるともうだれの手にもおえなくなる。怒り狂って宮殿じゅうの物を叩《たた》き壊《こわ》し、侍従《じじゅう》たちにも手をあげる。

けっきょく最後には、兄弟同然に育った冴紗でしか、ことは収《おさ》められぬのであった。

「今日はなにがあったのです？」

長衣《ちょうい》をからげ、和基に手を引かれて祭壇を降りつつ、冴紗は訊《き》く。

「前回は、晩餐《ばんさん》の支度《したく》が遅い、でしたね。その前はたしか、女官《じょかん》が花器《かき》を割ったと」

神殿にあがって間もない神官は、腹立ちを抑《おさ》えきれぬ様子で吐《は》き捨てた。

「王は、冴紗さまに甘えすぎです！」

冴紗よりも数歳《すうさい》上のはずだが、和基は少年のように朴直《ぼくちょく》だ。

苦笑《くしょう》まじりに冴紗は言った。

「……そのようなことは、ないと思いますが……」

「いいえ！　甘えすぎでございます！　冴紗さまは、聖虹使《せいこうし》になられるお身。王が冴紗さまだけにお心を開いてらっしゃるのは存じておりますが、だからといって、このような夜更《よふ》けにまで呼びだすのは、我侭《わがまま》すぎます！　呼び立てる理由も、なにかに腹がたったやら、なにかを取りに来いやら、毎度愚《ぐ》にもつかぬことばかり、…けっきょくは、冴紗さまのお顔をご覧になるためだけの、ばかげた言い訳ではありませんか！」

冴紗はなにも言わずにかるく首を振った。

……王がお心を開いてらっしゃる…？　わたしの顔をご覧になるために召喚《しょうかん》を…？

そのようなことはないのだ。人々が王と自分の仲を麗《うるわ》しく考えているのは知っていたが、本当のところはまったく違うのだから。

忿懣《ふんまん》やるかたなしという面《おも》持ちで、和基は言いつのる。

「それだけではございません！　儀式の許可も、いつになったらお出しくださるのか。…冴紗さまが聖虹使におなりあそばしたら、王といえどもこれほど頻繁《ひんぱん》なお呼び出しは叶《かな》いますまいが、……いえ、お寂《さび》しい王の心中《しんちゅう》は十二分《じゅうにぶん》にお察しいたしますが、――冴紗さまの儀式は、民が心より待ち望んでいることでございます！　かりにも一国《いっこく》の王たるもの、ご自身の感情のみで動かれては困ります！」

和基は興奮していつまでも冴紗の手を握《にぎ》り締《し》めていたが、祈りの堂を出たところでハッと気づいたように手を離した。

「――ご無礼を」

照れ隠しじみた口調《くちょう》で、

「ですが、こたびは少々ましなご事情らしく」

「ましな、…というと…?」

「ええ。小耳《こみみ》にはさんだだけなのですが、――どうやら、王のご婚儀《こんぎ》の話が本決《ほんぎ》まりらしいのです。そのせいで落ち着かぬご様子とか」

冴紗の身体は反射的に動きを止めてしまった。

和基は訝しげに冴紗を見つめた。

「……さしゃ、さま?」

「あ、……ああ、なんでもありません」

心の動揺《どうよう》を悟《さと》られぬよう、話の先を促した。

「それで、どちらの姫と?」

和基はなにも気づかぬふうで、あとを続けた。

「崢嶮《そうけん》国だそうです。辺境《へんきょう》の地の」

胸を切り裂《さ》かれるような痛みをこらえ、懸命《けんめい》に言葉を吐く。

「……そうですか。……いよいよ決まったのですね……」

冴紗は、唇を噛《か》んだ。

いつかは。

そう。…いつかは、このような日がくると思っていた。王はもう二十三なのだ。遅すぎるくらいの話だ。

じっさい、この修才邏《いざいら》という国は強大な王国であった。

広い国土を誇《ほこ》り、豊壌《ほうじょう》な大地にはあふれんばかりの農作物が実った。

さらに、近隣諸国から『荒ぶる黒獣《こくじゅう》』と恐《おそ》れられる羅剛王は、強靭《きょうじん》な肉体と精神をあわせ持ち、無敵といわれる大軍隊を率《ひき》いている。

とうぜんのことながら諸国の王たちは、自国の姫をこぞって修才邏《いざいら》の王に嫁《とつ》がせようと推《お》してきた。

……それでも今までは、婚礼話《こんれいばなし》などすべて拒絶《きょぜつ》なさってらしたのに……。

現王羅剛《らごう》はたいへん気難《きむずか》しく、大臣たちがどれほど美麗《びれい》な姫を捜《さが》してきても、「俺の妃《きさき》は俺自身が決める！」と言って、けっして首を縦《たて》には振らなかった。

しかし王がいつまでも妃《きさき》を娶《めと》らねば、王家の血が絶《た》えてしまう。

古来から修才邏《いざいら》の王は、妾妃《しょうひ》をもたぬ決まりだ。

一夫一婦《いっぷいっぷ》を守れという虹霓教《こうげいきょう》の教えを、虹霓教総本山《そうほんざん》を擁《よう》する国の王が破るわけにはいかぬ。それだけではなく、真実、神の加護《かご》を頂戴《ちょうだい》している国ならば、王家の純血《じゅんけつ》が途《と》絶《だ》えるわけはないと、すべての人々がかたく信じているせいもあった。

であるからこそ、王の婚姻《こんいん》は早い時期におこなわれる。

歴代の王たちは、たいてい十歳前後には妃を迎えていたはずだ。

いくら我侭《わがまま》な羅剛王といえども、いいかげん妃を決めねばならぬと腹をくったのか、それとも、ことのほか崢嶮《そうけん》の姫をお気に召したのか……。

冴紗は締め付けられるような想いに、眩暈《めまい》を起こしかけた。

「崢嶮《そうけん》の王としては、願ってもない幸せでしょうが。——それにしても、世界を制するとまで言われている羅剛王が、なにゆえあのような小国の姫を娶《めと》るのでしょう」

ふと思いつき、冴紗は尋《たず》ねた。

「たしか……崢嶮《そうけん》の王女は、虹の髪ではありませんでしたか?」

「はい」

苦《にが》く、つぶやいた。

「……そうですか」

答えは、それなのだ。

それゆえ、王は弱小国崢嶮《じゃくしょうこくそうけん》の王女などを娶るのだ。

愛情があろうとなかろうと、一国の王であれば妃にと望むのはとうぜんだ。

虹の髪の姫。

その存在のみで、岩と砂地ばかりのやせた土地しかもたぬ峥嶮王国《そうけんおうこく》は、近隣に名を知らしめた。神の寵愛《ちょうあい》を受ける国として、羨望《せんぼう》と嫉妬《しっと》を集めたのだ。

虹という色は、髪だけでもそれほどの価値がある。


いつの頃からの言い伝えなのか、この地にはある伝説があった。

『虹色を有《ゆう》する者が王となれば、天帝虹霓神《こうげいしん》の限りない恩恵《おんけい》を頂戴《ちょうだい》できる』

そして、史実《しじつ》は確実に、それがただの伝説ではないことを証明した。

三千年の昔、修才邏国《いざいらこく》を興《おこ》した王をはじめ、虹色を有したとされる王の御世《みよ》はみな栄《さか》えた。作物は豊潤《ほうじゅん》に実り、国は富み、人心《じんしん》は安らいだ。

むろんそれは妃でも同様であった。王妃は、王の半身《はんしん》であるとみなされるからだ。だが
——そこで重大な問題が起こった。

虹色を有した子を生むために、王族はかならず淡い色の髪や瞳の配偶者《はいぐうしゃ》を選ぶ。なのに羅剛王《らごうおう》は、前王の第一子《だいいっし》として誕生しながら、平民《へいみん》のごとき黒髪、黒い瞳に生まれついてしまったのだ。

冴紗《さしゃ》のように髪も瞳も両方が高貴《こうき》の色でなくとも、すくなくとも王族ならば、黒などという色は生まれぬはずであった。

……それゆえ王は、虹色に対して複雑な感情をいだいてらっしゃる……。

王妃《おうひ》は不貞《ふてい》を疑われ、自害《じがい》した。

だれが見ても、羅剛王は前王に生き写しであったにもかかわらず。

悲しみにかられ、冴紗は思った。

……そうして、……王がことあるごとにわたしを呼びつけるのも、みなが推測《すいそく》しているようなうつくしい理由ではないのです。王は、わたしを、…わたしのこの髪と瞳を、憎んでいらっしゃるのです……。

冴紗は王族どころか、貴族の出身ですらなかった。

国のはずれの寒村《かんそん》で生まれた、貧しい衛士《えじ》の息子であったのだ。

祈りの堂を出て、長い回廊《かいろう》を進みながら、冴紗は考え続けた。

このような髪や瞳に生まれなければ、王はわたしを疎《うと》まずにいてくださったのか？

神官などにさせられずに、希望どおり王の近衛《このえ》として、一生おそばに仕《つか》えさせていただけたのであろうか……？

虹霓教《こうげいきょう》総本山である大神殿《だいしんでん》は、修才邏《いざいら》王国の北に位置する霊峰麗煌山《れいほうりこうざん》の頂上《ちょうじょう》に建てられている。

神殿の最上階にある自室に戻り、冴紗《さしゃ》は重い気持ちで出かける支度《したく》をはじめた。

胸が塞《ふさ》がるような気分であった。

王からのお呼びの際は毎回こういう心持ちになる。

あの方のお顔を拝《はい》することができる喜びと、それを上回《うわまわ》る胸の痛みと。

残酷《ざんこく》な方だと思う。

これほどお慕《した》い申し上げているのに、弄《もてあそ》ぶようなことばかりなさる。

ましてや、今日はご婚約の報《しら》せまで受けて、…ほんとうに自分は平静《へいせい》な状態で王に逢《あ》うことができるのか。

窓の外からは、飛竜《ひりゅう》たちの急《せ》かすようなはばたきの音。

冴紗は嘆息《たんそく》した。

到着が遅くなれば王が怒り狂う。竜騎士《りゅうきし》たちもそれをわかっていて、一刻《いっこく》も早く冴紗を宮殿《きゅうでん》に連れて行こうと必死なのだ。

なにしろ、王宮はひどく遠い。

神殿から国の中心地にある王宮までは、速さを誇る王騎士団の飛竜《ひりゅう》を駆《か》っても、五刻《ごこく》はかかる。地を走る普通の走竜《そうりゅう》であったなら、ゆうに数日はかかってしまう。

ことあるごとにその距離を往復せねばならぬ竜騎士たちは、さぞかし難儀《なんぎ》なことであろう。そのうえ、王の召喚《しょうかん》はすくなくとも月に四、五回、ひどいときには連日なのだ。

自分は、…よい。王に恨《うら》まれても邪険《じゃけん》にされても、それだけのことをされるいわれがあるのだし、あの方のお顔を拝見できるだけで幸せなのだから、どのような仕打《しう》ちにも耐《た》えてみせよう。しかし他の人々に迷惑をかけることが、冴紗にはもっともつらかった。

ちいさく首を振る。

ため息ばかりをついていてもしかたがない。急がねば、さらにみなに迷惑をおかけすることになる。

気をとりなおし、衣装棚《いしょうだな》の前に立った。

しばし考えこんだが——飛竜に乗らねばならぬのだからと、裾《すそ》を引かぬ足首までの衣装に手を伸ばした。

じつを言えば、なにを選んでも似たようなものではあった。

冴紗に与えられる服は、どれもこれも華《はな》やかなものばかり。花嫁衣装《はなよめいしょう》と見紛《みまが》うばかりのきらきらしさだ。

これは、他の神官たちが、修業《しゅぎょう》のため自分の手で縫《ぬ》わされるのとは違い、宮殿のおかかえ針子《はりこ》が縫いあげる。

だが冴紗の衣装のなによりの特徴《とくちょう》は、すべてが虹色であるということだ。

神官服だけではなく、部屋着、下着のたぐいまで、いっさいが。

手を通すたび心苦しく思う。

虹織物というのは、はなはだしく手間暇《てまひま》のかかるものなのだ。

まず草木で七色を染め、髪の数分の一ほど、目に見えぬくらいの極細糸にする。その七本に、雪に埋《う》もれた地にしか生息《せいそく》せぬ貴重な虹虫《にじむし》の繭糸《けんし》を絡《から》ませ、丹念《たんねん》に縒《よ》り合わせ、七色に煌めく虹糸《にじいと》を作り上げる。

そこまででも気の遠くなる作業だというに、さらに生地《きじ》を織《お》り上げるまでに三月《みつき》、縫いあげるまでに、もうひと月はかかる。

むろん冴紗は幾度《いくど》も願い出ている。「わたしにも、他の神官の方々と同様に、一般の黒神官服を縫わせてくださいませ」と。

最終的に聖虹使《せいこうし》にならねばならぬのは、運命としてあきらめるとしても、いまはまだ一介《いっかい》の神官だ。それも、試験さえ通らずに神殿入《しんでんい》りを許された、いわば最下位の神官なのであるから、そういうあつかいをしてくださいと、王にも神殿の長老《ちょうろう》さま方にも再三《さいさん》申し出ているのだが、虹色の髪と瞳を持つゆえにその願いが聞き届けられることはなかった。

後悔《こうかい》の苦い思いがよみがえる。

……虹織物がここまで手のこんだものだと、知っていれば……。

それより以前に、『虹』という色の真実の意味を知ってさえいれば、いくら王がくださるとおっしゃっても、けしていただきはしなかったものを。

冴紗は子供時代に正規《せいき》の教育を受けていない。

『虹色は神の子の印である。虹を有する子が現われた際は、すみやかに届け出よ』

国からの布令《ふれい》は、歴史とおなじくらい古くからのものだという。

髪でも瞳でも、いや身体の一部分でも『虹色』を有しているのなら、その子は個人のものではない。国の宝だ。王宮にあげ最高の教育を施《ほどこ》し、やがては要職《ようしょく》に、…というのが国の方針《ほうしん》であった。黒髪黒瞳《こくはつこくどう》の庶民《しょみん》から『虹の子』が生まれる確率は限りなく低かったが、歴史上皆無《かいむ》というわけではなかった。

冴紗の両親は、生まれてきた子供と引き離されるのを恐れた。

いずれは手放すことになるのであろうが、別れの日をわずかでも先延《さきの》ばしするために人里離れた森に隠れ住んだと、物心《ものごころ》ついたときに、冴紗は聞かされた。

しかし、──そのような育ちをした冴紗だけではなく、不思議なことに一国の皇子《おうじ》であった羅剛《らごう》その人が、国の宗教というものをいっさい教えられていなかったのだ。

手早く衣服をととのえながら、冴紗は懐《なつ》かしく思い出していた。

……そういえば、…お逢いしたはじめの頃は、羅剛王もわたしにお優《やさ》しかった……。

虚弱《きょじゃく》であった母は森の苛酷《かこく》な生活で命を縮《ちぢ》め、冴紗が七つの歳に、そして壮健《そうけん》であった父も戦いのため九つのとき亡くなり、冴紗は王宮に引き取られることとなった。

兄弟のいない王は、歳の近い冴紗を弟のように可愛がってくださった。

麗《うるわ》しい宮《みや》を建て、その庭園には冴紗の故郷の花々を植え、連日お通いになるほど。

虹の禁色をくだされたのも、そのような時期であったある年の収穫祭《しゅうかくさい》の宴席中《えんせきちゅう》、王は冴紗に、だれももっていない物を贈ると言いだした。

はじめは、銀を与えると言ったのだ。王である自分のそばにいる冴紗には、その色がもっともふさわしかろう、と。

重臣《じゅうしん》たちは狼狽《ろうばい》した。

「……畏《おそ》れながら、王よ。銀色《ぎんいろ》は王妃さまを意味する色でございます。他の方にお与えになるわけにはまいりませぬ」

横でやりとりを聞いていた冴紗は必死で止めようとした。わたしはなにもいりませぬ、いまのご厚情《こうじょう》だけでも身に余る光栄と存じますのに、…と口を挟もうとしたのだが、短気な王は、他者の言葉を聞く耳など持たなかった。

「それでは！」

少年の羅剛は、王座《おうざ》から立ち上がり、声高《こわだか》に叫んだ。

「答えられる者がおれば、ただちに答えよ！　ほかに禁色《きんじき》というものはないのかっ！」

すると下座《しもざ》から進み出たのは、額に幾筋《いくすじ》もの傷のある、頑健《がんけん》そうな男であった。

その男、当時羅剛王の剣《けん》の指南役《しなんやく》であった永均《えいきん》は、王前に膝《ひざ》をつき、錆声《さびごえ》を放《はな》った。

「そのほかは唯一《ゆいいつ》、――虹色、がございまする」

宴席は水を打ったような静けさであった。

一瞬、すべての者が動きを止めたように見えた。

だが言下《げんか》に羅剛は断《だん》じたのである。

「では、それにする！　よう申した永均！　たしかに、冴紗にもっともふさわしいのは虹色であった！」

王の返答を聞いた強面《こわもて》の武官《ぶかん》の、その奇妙《きみょう》な表情を、冴紗はいまでも忘れられぬ。

苦痛のような、見ようによっては歓喜《かんき》のような。

「しかし……よろしいか？　むろん我ら臣下《しんか》は、冴紗さまが虹のお方になられることをひじょうに慶《よろこ》びまする。今後、修才邏《いざいら》のたいへんな発展に繋《つな》がりましょう。が、異国の客《きゃく》人《じん》も在席のこの場、王が一度だした命《めい》を取り下げることなどできませぬぞ？」

低く諌《いさ》めるような口調《くちょう》に、いらだった王は足を踏み鳴らして怒鳴った。

「ええいっ、口うるさい奴めっ！　父上の代からの忠臣《ちゅうしん》であっても、出すぎた物言いは身を滅《ほろ》ぼすと思え！　――本来ならば、冴紗には銀がいちばんふさわしいのだ。それが駄《だ》目《め》だというのなら、虹色ならよかろうっ！」

扉を叩く音がした。

「お支度は整いましたか」

冴紗《さしゃ》はあわてて手を早めた。衿《えり》を整え、腰に飾《かざ》り弓《ゆみ》。

最後に、顔の上半分を覆《おお》い隠《かく》す仮面《かめん》。

弓は天にかかる虹、天帝の御子であるしるし。そして聖虹使《せいこうし》になる者は、なにがあっても一切の表情を人々に読みとられぬよう、神殿外では仮面をつける決まりになっている。

「……はい。お待たせいたしました」

扉《とびら》を開けると、長老をはじめ神殿の高位神官たちが揃《そろ》っていた。

冴紗は頭を下げるしかない。

真夜中の召喚《しょうかん》であっても、王直属の竜騎士団が来ているのだ。神官たちも寝てはいられないのであろう。

わかってはいても、心苦しい。

なにもかもが、おのれの責任のような気がしてしまうのだ。

少年の日の羅剛王《らごうおう》は、『虹の禁色《きんじき》』の意味をご存じなかった。

冴紗のせいではない。むろん。あとから洩《も》れ聞いたところによると、前王が神殿の存在を異様《いよう》に忌《い》み嫌い、皇太子《こうたいし》にいっさいの宗教的教育を施《ほどこ》していなかったらしいのだが、

――すべては、あとから、の話だ。

自分にある程度の常識があったなら。

あのとき、虹色を賜《たまわ》わることを辞退《じたい》していれば。

後悔の思いがいつまでも冴紗の心を苦《くる》しめる。

王の怒りをかって首を刎《は》ねられていても、いまのこの状況よりはましだとさえ思うのだ。

和基《わき》が長老たちを押しのけるようにして進み出た。

「冴紗さま、まだ夜も明けきれてはおりません。本日は私もお連れください」

先の月から神殿に仕えはじめた彼は、冴紗を神格視《しんかくし》していて、どこへでもまるで守護者《しゅごしゃ》のようについてくる。虹《にじ》の御子《みこ》である冴紗に仕《つか》えたいばかりに、家業《かぎょう》を継《つ》がず田舎《いなか》から出てきたのだという。そういったこともあってか、王を畏《おそ》れ、古い形式に縛《しば》られている神官たちのなかで、和基は異質《いしつ》であった。

本日も、王がお召しになったのは冴紗だけだ。であるのに和基は、ごく自然に「お連れください」と口にする。

素直な言動をとる彼を、冴紗は好ましく思っていた。

竜騎士たちが迎えにきているといっても、しょせんは王の配下《はいか》の者たちだ。冴紗としてはたいそう気をつかう。神殿の者がついてきてくれれば心強い。

他の神官たちも、和基を疎《うと》んではいない様子であった。かえって、神殿のなかでは王を畏れぬ唯一の人間だと、行動を後押ししているふうさえあった。

わずか、騒《ざわ》めいた長老方は、低い声で話し合っていた。

「たしかに、和基の言うとおり夜間《やかん》の飛行は危険です。本日はおひとりではないほうが」

「ええ。もっとも大切なのは、冴紗さまのお身。それは王もご理解くださるでしょう」

季節は、木の芽《こめ》どきである。

夜風は冷たく、ましてや霊峰麗煌山《れいほうりこうざん》に建つ大神殿の屋上《おくじょう》、扉を開けたとたんに吹き飛ばされそうな強風に煽《あお》られた。

「冴紗《さしゃ》さまっ！」

よろけた冴紗を、とっさに和基《わき》はおのれの外套《がいとう》で包みこむ。

「……ええ、…大丈夫です」

そう応えはしたが、やはり和基がいてくれてありがたかった。華奢《きゃしゃ》なせいか、冴紗は繊《せん》弱《じゃく》な性質《たち》で、正直なことを言うと、ひとりで騎竜《きりゅう》するのも一苦労《ひとくろう》であった。

そのうえ深い森で育ったため、王宮にあがるまでは地を駆《か》ける走竜にすら騎《の》ったことがない。であるのに、天空《てんくう》を凄《すさ》まじい勢いで飛行する竜など、冴紗が騎りこなせるわけもなかった。

風にあらがうように、大きな影が動いた。

「お待ち申し上げておりました、冴紗さま」

片膝《かたひざ》をつき、貴人《きじん》に対する礼をする騎士団長。

以前王の剣指南役であった永均《えいきん》である。羅剛王《らごうおう》は下級武官からの叩き上げである永均を重用《ちょうよう》し、いまは近衛竜騎士団を統率《とうそつ》させていた。

背後の騎士たちも永均に倣《なら》い、あわてた様子で膝をつく。

あの方が冴紗さま…？

なんとお美しい。仮面をつけていても光り輝くような……。

まこと、神がご降臨《こうりん》なされたかと思ったぞ……。

新入りであるのか、幾人かが感嘆《かんたん》の声をあげたが、冴紗は聞こえぬふりをした。

おのれの容姿に捧《ささ》げられる賛辞《さんじ》は、冴紗にとって痛みでしかない。

この外見こそが、王と自分を引き離す元凶《げんきょう》であるのだから。

ちら、と鋭《するど》い視線を背後の和基に流したが、

「どうぞ、あちらへ」

すぐに騎士団長は、うやうやしく飛竜の一頭を指差《ゆびさ》した。

おとなしそうな雌《めす》の竜であった。冴紗にすすめられる竜は、かならず虹織《にじお》りで華やかに飾られている。

冴紗は、和基に抱きかかえられ、騎《の》りこんだ。

「出立《しゅったつ》！　王宮へ！」

団長の合図で、飛竜たちははばたきをはじめる。

見上げると、空は東からうっすらと白みはじめている。

宮殿に着くのは、陽《ひ》が昇《のぼ》りきったころであろう。

飛竜の手綱《たづな》は、背後から和基が握《にぎ》った。

さりげなく冴紗の腰を抱きささえながら、片手で軽々と竜を操《あやつ》る。

「お寒くはありませんか、冴紗さま?」

耳元の声は、その身体とおなじほどあたたかい。

「……ええ」

胸がざわめく。あらゆることがらに。

仮面をつけたところで、心にまでは覆《おお》いをかけられぬ。

痛みも苦しみも、やさしさもあたたかさも。

心が感じてしまうことを、止められはしない。

いや、であるからこそ『聖虹使《せいこうし》』という存在には仮面が必要なのかもしれぬ。

人の身に生まれながら、神の御子を装《よそお》うために。

いままでの聖虹使が、自分とおなじ徒人《ただびと》であったとは思わぬ。真に神の御子であった方もいらしたはずだ。

だが、…ならばなぜ『聖虹使《せいこうし》』という御役目《おやくめ》に即《つ》く際、『人』としての証《あかし》を捨てねばならぬのか。

それはすなわち、冴紗とおなじような徒人が、御役目に即いたことがあった証明ではないか。

人目に顔をさらさぬこと、だけではないのだ。

正式な『聖虹使《せいこうし》』就任《しゅうにん》の儀式の際には、生殖機能《せいしょくきのう》を失わせる手術が行なわれる。
冴紗の場合は男性であるので、去勢《きょせい》、…ようするに、外性器《がいせいき》を切除《せつじょ》されることになる。
神殿にあがって、はや四年。
王はいまだ儀式の許可を下《くだ》さぬ。
なにをお考えなのか。
冴紗にはわからぬ。
あの方が、いったいなにを望んでいらっしゃるのか。
どれほど知りたいと願っても、あの方はけっして、お心を明《あ》かしてはくださらぬ。

## II　羅剛王《らごうおう》

飛竜から瞰下《かんか》する修才邏《いざいら》は、すばらしい。

はてしなく広がる大地。

農地の緑、森の緑、色合いと陰影《いんえい》を変え、どこまでもどこまでも、ただ緑だ。

その間に、煌《きら》めく星のごとく点在《てんざい》する街。

下界《げかい》は厳しかった冬を終えた。

風はやわらかく頬をかすめ、甘い香りをはらんでいる。

冴紗《さしゃ》は、この光景を見るたび胸ふるわせる。

飛竜は一般民には許されていないため、彼らはこのような眺《なが》めを一生見られぬであろう
が、――こうやって上空《じょうくう》から眺めると、人々の暮らしの息づかいが伝わってくるようだ。

……この雄大な王国を……。

あの方は支えていらっしゃる。

十三で王になられ、それから十の年月、たったおひとりで。

荒ぶる黒獣《こくじゅう》であらねばならなかったのだ。王国を守るためには。

この世で最高に美しい色は『黒』。

冴紗はそう信じている。

人々がどれだけ畏《おそ》れ、忌《い》み嫌っても。

冴紗の父母は黒髪黒瞳であった。そして、子供のころ森で暮らした冴紗には、暗闇は友人であった。なによりもあたたかく冴紗を慈《いつく》しんでくれる、崇拝《すうはい》すべきものであった。

黒。

もっとも深い黒を持つ王。

……あの方以上にすばらしい方を、わたしは知らぬ……。

おそばで暮らしたかった。

ずっと、命あるかぎり。……いや、命果て魂魄《こんぱく》になったとしても、あの方をお護《まも》りしていたかった。

皮肉《ひにく》なものだと思う。

これほど『黒』を崇拝している自分が、敵対《てきたい》するような虹の容姿を持ち、虹霓神《こうげいしん》の御子《みこ》、聖虹使《せいこうし》などにならねばならぬとは。

この国の宗教を愚弄《ぐろう》しているわけでは、けっしてない。

そうではなく、…ただ、あの方の存在が、冴紗の心のなかであまりにも大きいのだ。

ただひとつの救いは、――自分が『聖虹使《せいこうし》』となることで、わずかでも修才邏王国《いざいらおうこく》に益《えき》がもたらされるかもしれぬ、という考えであった。

あの方のお役にたてるなら。儀式など、なにも怖くはない。

身体などいくら惨《むご》く切り刻まれてもかまわぬ。喜んでお役目を全《まっと》うするものを。


王は竜場《りゅうば》に立っていた。

豪奢《ごうしゃ》な神殿内ではなく、いつものように、飛竜の降りる屋上に。

冴紗《さしゃ》の眼には、遥《はる》か彼方《かなた》からそれが見てとれた。

黒い髪。

他の王族のように長く伸ばさず、無造作《むぞうさ》に肩あたりまで切っている。

そしてキッと、睨《にら》むようにまっすぐ、冴紗の飛んでくる方角《ほうがく》を見上げている、黒い瞳。

風にはためく外套《がいとう》も、たくましい体躯《たいく》を包む軍服《ぐんぷく》も、すべてが漆黒《しっこく》だ。

いたぶられに来た、と、わかってはいても、冴紗の胸は高鳴った。

……我が王よ。

世に並《なら》ぶ者なき、修才邏《いざいら》の気高《けだか》き王よ。

神にそむくこととなっても、冴紗は羅剛王《らごうおう》をこそ崇《あが》めたかった。

冴紗《さしゃ》の父は、前王をお護りして命を落とした。

父の生きざまが、冴紗の理想であった。

あの至福《しふく》の死に顔を思い出すたびに、王のおそばを離れなければならなかった我が身と運命を呪《のろ》ってしまいそうになる。

「遅いっ！」

腕を組み、飛竜が一頭二頭と降りてくるのを傲然《ごうぜん》と見つめていた王は、騎士団長が馳《は》せ参《さん》じるより先に怒鳴った。

「畏れながら王よ、本日は夜間の飛行ゆえ、手間取りましてござる」

平伏し、言葉を返した騎士団長を蹴《け》り退《ど》かし、

「うるさい、永均《えいきん》っ。貴様の御託《ごたく》など聞きとうないわ！　貴様、剣の腕はよいが、口煩《くちうる》さいのが難《なん》であるぞ！」

王は大股《おおまた》で冴紗に歩み寄ってきた。

かろうじて竜から降りていた冴紗は、心中《しんちゅう》で騎士団長に礼を言った。どう見てもいまの永均の言動は、怒りの矛先《ほこさき》を自分に向けさせ、その隙《すき》に冴紗を降竜《こうりゅう》させようという目論《もくろ》みに思えたからだ。

「待ちかねたぞ冴紗！　いつまで待たせる気だ！」

膝をつき、こうべを下げる。

「申し訳ございませぬ」

王の怒りは毎度のことだ。

どれほど急いで竜を駆っても五刻《ごこく》はかかるというのに、王はまるで隣室からでも呼び寄せたような物言いをなさる。

しかし、王はさらに声を荒げた。

「俺の前で膝を折るな、冴紗《さしゃ》！　頭も下げるな！　何度言ったらわかるっ！」

冴紗はうつむくしかない。

本来ならば、おみ足にくちづける最高礼を捧げたいのだ。なのに王は頭を下げることさえ許してくださらぬのか。

「……顔を…上げよ！」

おそるおそる視線を上げると、王は鬼神《きじん》さながらの顔で冴紗を睨《にら》んでいる。

燃え上がる怒りが、陽炎《かげろう》と見紛《みまが》うほどだ。

思わず視線を落としてしまうと、

「なぜ俺を見ぬっ!?　俺の目をしっかり見つめよ！　おまえはまだ聖虹使《せいこうし》ではないのだぞっ？　俺の臣《しん》であろうがっ？　なぜ王である俺の命《めい》が聞けぬっ!?」

ご無体《むたい》なことを。

冴紗はやるせない気分になる。

幼《おさな》きころより、虹色の瞳を隠すため、人前では瞼《まぶた》を伏《ふ》せることが習《なら》い性《しょう》となっていた。

だれの目を見つめるのも苦手であるのに、…畏れ多い黒の王の目を見つめろとは、…冴紗にとってそれは、拷問《ごうもん》にすら等しい命令である。

……忠誠《ちゅうせい》を試《ため》されるのなら、いまここで刀の錆《さび》にでもしてくだされればよろしいのに……。

お手自《てずか》らご成敗《せいばい》くださるなら、白刃《しらは》の振り下ろされるあいだ、髪ひとすじも動かさずにお受けいたす覚悟でありますものを。

冴紗は必死に言葉を吐いた。

「………我が身は、…つねに、御身のものでございますれば、」

「よい！　そのような言葉、みなまで聞きとうないわ！」

王は目を細め、冴紗の身体を見つめた。

上から下まで。

視線の火で炙《あぶ》られているような痛苦《つうく》であった。

なにゆえそのような強い視線でご覧になるのか。

ややあって、王は妙《みょう》にかすれた声で、

「朝餉《あさげ》の……支度をさせておる。疲れたであろう。ゆるりとしてゆけ」

戸惑《とまど》い、思わず見上げてしまった。

内容も驚くものであったが、王の声が震《ふる》えているように聞こえたのだ。

どこぞ具合でもお悪いのであろうか。

「……王、」

冴紗の言葉を遮《さえぎ》り、背後から鋭い声がかかった。

「申し上げます、王よ！」

弾《はじ》かれたように振り返った。

和基《わき》は冴紗のうしろ、片膝をついた礼の形で、王を剣呑《けんのん》な目つきで見上げていた。

「ただいまのお言葉、――聖虹使《せいこうし》になられるお方は、人前で食物を召《め》し上がることはできませぬ。禁忌《きんき》でございます」

「和基！　そのようなことは、」

冴紗はあわてて止めようとしたが、和基はなおも挑《いど》んでいった。

「いいえ！　それだけではございません。神の御子であられる冴紗さまは、もはやあなたさまの『臣』ではございません！　このような戯言《ざれごと》じみたお呼び出しは、これきりになさってくださいませ！」

ギリギリと歯を噛《か》みしめる音が王の口から洩《も》れた。

怒りで燃えたぎるような低い声が、冴紗を責《せ》めた。

「――何者だ、そやつは…！　その服、…神官なのかっ？　なにゆえ、そのような者を連れてきた、冴紗！　いつから、……神殿には若い神官は居《お》らぬのではないのかっ？」

たてつづけの意味不明な質問に、冴紗は怯《おび》えて声ひとつ出せぬ。

かわりに、和基が答えてくれた。

「連れてきたのではございません！　私が勝手についてきただけです！　冴紗さまのお身が心配でございましたので！」

「俺の直属の騎士団を、迎えに行かせておるのだぞ！　なにが心配だっ！　貴様ら神官どもこそ、いつの頃からもわからぬ堅苦《かたくる》しい決まりごとに縛られて、大事な神の御子とやらに飯も食わせぬ気かっ！」

恫喝《どうかつ》する王に、和基も負けてはいない。

「民草《たみくさ》の前でだけ、です！　神殿内では冴紗さまはご自由でございます！　――では王よ、こちらからもお尋ねいたしますが、虹の長衣《ちょうい》、仮面をつけられた細腕《ほそうで》の冴紗さまが、おひとりであの飛竜を御《ぎょ》せると真実お思いですか？　世に名高い、侈才邏竜騎士団《いざいらりゅうきしだん》の飛竜でございますよ？　私はこのままここで斬首《ざんしゅ》されてもかまわぬ覚悟で申し上げますが、冴紗さまのご苦労をもう少々お考えください！」

震《ふる》えあがってしまった。

これほど無礼なことを申し上げた和基を、王はお許しにはならぬであろう。せめて、自分が罰《ばつ》を頂戴しようと、冴紗はおずおずと口を開きかけたが、――不思議なことに、王はこぶしを握り締めたまま和基を睨みつけているだけなのだ。つねならば、すでに刀を鞘《さや》から抜いているはずである。

噛みしめた歯の隙間《すきま》から吐くように、王は冴紗に言った。

「……騎竜用の衣装など、いくらでも……いや、…竜に騎るのが難儀《なんぎ》なら、なぜ俺に言わんのだっ、冴紗！」

恐れおののきながら、地に額《ひたい》をすりつけて詫《わ》びた。

「申し訳、ございませぬ」

「謝《あやま》れと、……謝れと、俺がいつ言うたっ!? 俺はただ尋ねただけであろうが！ おまえの口は、詫《わ》び言《ごと》以外の言葉を吐けんのかっ！」

癇癪《かんしゃく》を起こしている子供のように、王の言葉は乱れている。

冴紗としてはさらにひれ伏すしかない。

「わたしと供の者、どちらの咎《とが》もわたしがお受けいたしますので、どうぞ…」

「咎っ？ 咎と申すなら、俺に隠しごとをしたことこそ罪だと思え！ なんぞ苦痛があるのなら、そのような下人《げにん》にではなく、王である俺に申せっ！」

王の言葉は冴紗をひどく戸惑わせた。

……苦痛……。

苦痛は、…むろん、ある。

だが、この胸の痛みは、国の最高薬師《さいこうやくし》でも治《おさ》めることなどできぬはずだ。

王のお顔を拝するだけで、胸の奥底が膿《う》んでいくような痛苦が湧《わ》き起こる。

お怒りを受けるたびに、心のどこかが壊れていく気がする。

王とともに暮らした、懐かしい少年の日に戻りたかった。

だが、…思い返してみれば、羅剛王《らごうおう》は、いつのころよりかつねにお怒りであった。冴紗の顔を見るだけでいらいらなさるご様子で、意味のわからぬことばかりをおっしゃった。

なぜにおまえは虹の髪、虹の瞳など有しておるのだ！　と激《はげ》しい口調でなじられたこともあった。

「本来ならば不敬《ふけい》の罪《つみ》によって罰を与えるところだが、――今回だけは許す！　だがよいか、冴紗、このような無礼者《ぶれいもの》とは、二度と話すな！　指一本触れさせるな！　王の命令であるぞっ！　神殿のじじいどもにも、しかと申し伝えておけっ。若い神官など追い出せ、とな。こいつ以外にも居るなら、ひとり残らずだっ！」

居丈高《いたけだか》に断じる言葉に、冴紗は、ああ、と思いあたった。

……この方は、昔からわたしに親しい者ができるのをお厭《いと》いになった。

若い神官ととくに決めつけたのは、おそらく歳が近ければ心が通《かよ》いやすいと、そう思ってのことであろう。

人に対してだけではない。宮殿の庭で冴紗が、愛《あい》らしいと、なにげなしに抱きあげた小動物を、その場で斬《き》り殺してしまったことさえあった。おまえは俺以外のなにものにも心を奪《うば》われてはならぬ！　と、烈火《れっか》のごとくお怒りになって。

冴紗はかろうじて言葉を吐きだした。

「かしこまりまして、ございます」

もう、……慣れている。王の冷たい仕打ちなど。

急に召喚なさりながら、毎度なにかれ難癖《なんくせ》をおつけになる。

やれ到着が遅いだの、やれ着ているものの胸がはだけすぎだの、――先日などは、冴紗がわずかによろめいて騎士のひとりに抱きとめられたというだけで、火を噴《ふ》くほどに猛《たけ》り立ったのだ。その騎士は、とうぜん本日の迎えのなかには見当らぬ。

騎竜の件も、すでに永均《えいきん》団長がさりげなく王に進言《しんげん》している。国が誇る最速の軍用飛竜でござる。冴紗さまにはいささか無理がござろう。だれぞ騎士が同乗《どうじょう》いたしたほうがよろしいのでは、…と。

しかし、王は許さない。

だれかが冴紗に手を貸すことさえ、お許しにはならぬのだ。

冴紗は哀《かな》しく思う。

……そこまでわたしをお厭《いと》いでしたら、もう捨ておいてくだされればよろしいのに……。前王は異様に虹霓教《こうげいきょう》を疎《うと》み、大神殿のみならず、村々に配置《はいち》された教会すら取り潰《つぶ》そうとなさったらしい。現王羅剛も、そこまでではないにしろ、宗教などにはまったく興味のないお方であった。大神殿のある霊峰の場所さえ、ご存じなかったのであるから。

ゆえに冴紗は、神殿行きを命じられた際、絶望感《ぜつぼうかん》にうちひしがれたのだ。

顔をご覧になりたくないのなら、ひとこと死ねと仰《おお》せになってくだされば、…自分もこれほど苦しまずにすんだものを。

しかし、すべては、聖虹使《せいこうし》になりさえすれば終わるのだ。

聖虹使は生涯大神殿を出ぬきまりだ。

性《せい》を無《な》くし、顔を隠し、人前で飲食《いんしょく》もせず、現人神《あらひとがみ》として、聖座《せいざ》に祀《まつ》られる。

『聖虹使』というのは、そういう存在だ。

ただ、神の器としてのみ存在を許される。

それは人ではない。人型《ひとがた》である。

そうなったときには、この心も、苦しみを感じずにすむやもしれぬ。

「――で、王。こたびのご用のむき、お聞かせくださいませ」

冴紗の慇懃《いんぎん》な物言いに、王は鼻孔《びこう》をふくらませて怒鳴り返した。

「気が失《う》せた！　さっさと消えるがよい！」

帰る道のりの遠いこと。

ましてやひとりでの騎乗《きじょう》、冴紗《さしゃ》は振り落とされぬよう必死に手綱《たづな》を握り締めていた。

夕刻、神殿にたどり着いたときは疲れ果て、足さえまともに動かぬありさま。

しかし冴紗は、竜騎士団員には丁重《ていちょう》な礼を言った。

「みなさま、お手数をおかけいたしました。どうぞお気をつけてお帰りくださいませ」

だが去《さ》りぎわ、幾人かが、竜に騎《の》りしぶった。

不思議に思い、問いかける。

「……どうか、なさいましたか…？」

若い騎士ばかりだ。

「冴紗さま」

互いに顔を見合わせると、――足早《あしばや》に駆け寄り、つぎつぎと平伏した。

冴紗も古参《こさん》の騎士たちも瞠目《どうもく》するなか、なんと彼らは、影にくちづけたのだ。神殿の屋上、茜色《あかねいろ》に染《そ》まる夕日に照らされ、長く伸びた冴紗の影に。

「本日は、…拝謁《はいかつ》できました喜び、…いたく感動いたしております」

「王のご勘気《かんき》に触《ふ》れますゆえ、お手への接吻《せっぷん》はこらえまする。ですが冴紗さま、……どうぞ我らの忠誠《ちゅうせい》、お受け取りくださいませ」

冴紗とほぼ同年代の騎士たちだ。

狼狽《ろうばい》は激しかったが、拒《こば》んでは、信心深い彼らの想いを無にすることになる。

「……感謝……いたします」

やっとの思いでそう応えると、竜に騎りかけていた永均《えいきん》団長、古参の騎士たちまでが、申し合わせたように飛び降り、駆け寄ってきた。

全員が影にくちづける。

「若輩者《じゃくはいもの》に先を越《こ》され申したが、我らの心もおなじ」

「清《きよ》らかなる虹のきみよ。お身をとわに崇《あが》め奉《たてまつ》らん」

冴紗は身の震えを懸命《けんめい》に抑《おさ》えながら、彼らの心を受け取った。

「……ありがたき、幸せに存じます。あなたがたに、神の祝福がございますように」

騎士団たちの飛竜を見送ったのち、もの言いたげな和基《わき》に、

「……今日は、…とてもたすかりました。ありがとう」

それだけ言い、冴紗《さしゃ》は自室に下がらせてもらった。

王は和基とは言葉をかわすなとおっしゃったが、ここは王宮とは離れた神殿なのだ。王の目は届かぬ。それに、あのような理《り》不尽《ふじん》な命《めい》は毎度のことだ。

扉を閉め、ようやく息をついた。

仮面をとり、書き物机の上に飾られている絵姿《えすがた》にむかい、挨拶《あいさつ》をする。

「……ただ今、帰りました」

一枚のみの父母の絵は、ふたりが若いころのものである。

結婚も祝えぬほど貧《まず》しかった日々のなか、ただ一度、町まで出て絵師《えし》に描《えが》いてもらったと聞く。

緊張《きんちょう》して鯱《しゃちほこ》張《ば》った父と、羞《はず》かしげにほほえむ母。

たしかに絵師は、つましく暮らす若夫婦の、幸福な一瞬を描き留《と》めてくれている。

口から泣き言が洩《も》れてしまいそうになり、冴紗は唇を噛んでこらえた。

どちらかでもいま生きていてくれれば、……涙を流すこともできたであろうに。

人の身で『神の御子《かみのみこ》』と崇《あが》め奉《たてまつ》られるつらさを、せめてひとことなりと、声にして吐き出せたであろうに。

絵姿のなかの黒髪黒瞳の両親を見ながら、冴紗はつぶやく。

「なぜ、……わたしだけが、このような姿に生まれなければならなかったのですか……」

それは父母にではなく、天帝に対しての恨みごとやもしれぬ。

両親と暮らす穏やかな森の日々。

はじめて湖でおのれの姿を見てしまったときの驚愕《きょうがく》を、冴紗は忘れられぬ。

父母の美しい黒髪と黒瞳とは、似ても似つかぬ自分の髪と目。家には身を映《うつ》すものもなく、髪も短く刈《か》られていたため、冴紗は自分も両親と似た姿であると思い込んでいたのだ。

湖に映っているものは、気味の悪い魔物《まもの》にしか見えなかった。

光を弾《はじ》き、七色に変わる髪と瞳。

恐怖に震え、湖のほとりで泣き叫んだことを覚えている。

騒ぎを聞きつけ、捜《さが》しにきた両親が必死に説明をしてくれたが、…本来、冴紗の髪と瞳の色は聖なる虹色と言って、この世で最高の色なのだと、おまえは目が眩《くら》むほど美しい子なのだと、…だがいくら言葉を尽《つ》くしてくれても、冴紗には信じられなかった。

いまも、おなじだ。

自分に捧げられる賛美《さんび》と敬愛《けいあい》の情が、痛い。

なにより、この姿により、羅剛王《らごうおう》に疎まれることが、もっとも哀しい。

「星予見《ほしよみ》の婆《ばばあ》がな」

おのれの秘密を知ってしまった冴紗《さしゃ》に、父母はすこしずつ真実を話してくれるようになった。

「怯《おび》えよったよ。…赤子《あかご》のおまえの頭に手を触れてな。…怯えて、泣きよった。この子はなんじゃ？　神の御子か、それとも魔物の子か、とな」

父の朴訥《ぼくとつ》な語り口も、母のすずやかな声も、いまだ耳の奥に残っている。

「冴紗の姿を見られないように、盲目《もうもく》の星予見《ほしよみ》さまを探して、山をいくつも越えたのにねえ。無駄《むだ》たったわね。やはり星予見さまはなんでもお見通しだったわ」

父母とも笑ってはいたが、内容はつらいものだった。

修才邏《いざいら》では、表の名は親がつける。しかし次名《つぎな》――この国では真名《まな》と呼ぶ――は、星予見がつける。

『星予見』

たいていは独居《どっきょ》の老爺《ろうや》や老婆《ろうば》。そしてたいていが肉体に病《やまい》か不自由をかかえ、ひっそりと隠れ住むように暮らしている。

幸運との引き換えにその力を得たのか、それとも哀《あわ》れな境遇《きょうぐう》ゆえに、神が力を恵《めぐ》んでくださったのか。

いずれにしても、彼らは人の一生のすべてを予知《よち》し、その者の人生を端的《たんてき》に表わした言葉を告げるのだ。

「数奇《すうき》な運命を背負《せお》っておる。できうるかぎり人に姿を見せぬほうがよい、と…婆は言ったよ。それでも、この子の一生は波乱《はらん》つづきであろうが、と」

真名《まな》は、本人と両親、その他は生涯を伴《とも》にする者だけが知ることとなる。

むやみに他人におしえてはならぬのだ。

人に真実の名を明かすということは、おのれのいっさいを相手に曝《さら》け出すということである。

父母が教えてくれた冴紗の真名は、――『世《よ》を統《す》べる者』という。

星予見からその名を授《さず》けられ、両親は本心から戸惑ったらしい。

たしかに虹の髪、虹の瞳は神のご加護によるものであろう。しかしそれにしても、……その名はあまりにも意味が深すぎるのではないか。

星予見に真実の名をつけさせる習《なら》わしは古くからのもので、時代とともに形骸化《けいがいか》しつつあったが、歳をとった者はかならず、「赤子が生まれたなら、なにをさて置いても星予見《ほしよみ》のもとへ行け」と言った。

「若い者にはわからんだろうが、おのれの人生をほぼ終えかけた者にはわかる。星予見のつけた名は、真実正しかったことにな」

冴紗は考える。

自分の名は、やはり『聖虹使《せいこうし》』になるという未来を表しているのか。

世など治めたくはなかった。そのような大それた望みはない。

だが、…いまはすこしだけありがたく思っている。

『世を統べる者』――聞きようによっては、王と敵対する者のように聞こえるその真名を、冴紗はひたすら恐れてきた。心から敬愛《けいあい》する羅剛王《らごうおう》の御世に、なにか障《さわ》りでもあったらと気が気ではなかった。

父母の絵姿に語りかけるようにつぶやく。

「……ですが、『聖虹使《せいこうし》』として世を治めるという意味でしたら……」

あの方の御世はつづくことになる。冴紗は遠く、この神殿から、王の息災《そくさい》をお祈りしていればよい。

それでも、父さん、母さん。

冴紗は羅剛王のおそばに居《お》りとうございました。

繰《く》り言《ごと》になってしまう言葉は、口から出さずにおいた。

あの方にかわいがっていただける姿かたちに、……冴紗は、生まれとうございました。

父母の形見は、その絵姿と、みすぼらしい弓矢《ゆみや》。

母が病で天帝に召《め》されたあと、息子とふたりきりになった父は、いつかは冴紗を王の騎士団に入団させるために、数々の訓練をつんでいった。

「おれは、こんな村はずれの、しがない衛士だけどもな」

父はよく言ったものだ。

「おまえは、神の御子だからな。もしかしたら、王さまのとこで使ってもらえるかもしんねえだろ？」

冴紗の頭を撫《な》でて顔をほころばせる。

「そうしたら、王さまを守る、いい騎士になるんだぞ」

いま思えば、父なりの優しさであったのかもしれぬ。

おのれの容姿を嫌悪《けんお》し、殻《から》に閉じこもりがちな息子に対して、精一杯《せいいっぱい》の夢を与えようと。

だが少女よりも繊弱《せんじゃく》な冴紗には、重い剣など、持ち上げるだけで精一杯であった。

みかねた父は、みずから弓を一張《ひとはり》こしらえてくれた。

よくしなる細弓《ほそゆみ》と、針のごとき細矢《ほそや》。

殺傷能力《さっしょうのうりょく》こそ低かったが、ひじょうによく飛んだ。細いだけに的《まと》も射《い》やすかった。遠くの原の花芯《かしん》さえ、射抜《いぬ》けるほどであった。

そしてある日。——僻地《へきち》で暮らす親子の耳に、恐ろしい噂《うわさ》が入った。

王都《おうと》で反乱《はんらん》がおきているというのだ。

さらに、その乱の旗《はた》をあげているのが、王弟殿下《おうていでんか》であるという話は、親子をいたく驚かせた。

殿下は温厚《おんこう》かつ理知的《りちてき》な方であったが、ご長子《ちょうし》をもうけてから、お人柄《ひとがら》が変わられたという。なにかにとり憑《つ》かれたかのように、王位をお望みになるらしいのだ。

「時期がきたな、冴紗」

父は静かに言った。

「都へ行くぞ。おれたちでも、少しくらいは王さまのお力になれるかもしんねえ」

父は立派な体躯《たいく》を持った男であった。虚弱《きょじゃく》な妻と虹の容姿を持つ息子のために、隠遁《いんとん》生活《せいかつ》を余儀《よぎ》なくされていたが、本心は王騎士団に入りたかったのであろう。

冴紗と父は、なけなしの家財《かざい》を売り払い、わずかばかりの旅費《りょひ》をつくった。


「……父さん……」

冴紗《さしゃ》はつぶやいてみる。

記憶が哀しいのか、熱いのか、それすらももう定《さだ》かではない。

父との別れは、あの方との出逢《であ》いとも重なるからだ。

旅は長かった。走竜も借りられぬ貧乏旅ゆえ、徒歩《とほ》で数か月もかかった。冴紗は足を腫《は》らし、野宿《のじゅく》が重なると高熱を出し、――しかしようやくたどり着いた王宮で、親子は自分たちの浅慮《せんりょ》を悔《く》やむこととなった。

田舎の下級衛士《かきゅうえじ》とその息子など上官に取り次ぐわけにはゆかぬと、門番《もんばん》に手荒い門前《もんぜん》払《ばら》いを食《く》わされたのだ。

「反乱軍を平らげに行かれた王と皇子が、まもなくお戻りになる。貴様らのような薄汚い田舎者が居《お》っては、こちらがお目玉《めだま》を食ろうてしまう。早々《そうそう》に立ち去れい！」

いま思えば、よりにもよって王宮の正門などへ向かわず、まずは裏門あたりの門番に話を通すべきであったのだ。国の宰相《さいしょう》や王族であったとしても、王といっしょでないかぎり裏門から出入りするのであるから。

だがそれこそ田舎者ゆえ、そこまでの知恵《ちえ》はまわらなかった。

父は食い下がった。

「おれはきっと役に立つ！　なんだってやるから、使ってくれ！」

片道すらやっとの金しか作れなかった。追い返されても故郷へなど帰れぬ。下級兵士にでも取り立ててもらわねば、飢《う》え死《し》にを待つばかりであった。

門番の嘲《せせ》ら笑いはつづいた。

「力はありそうだがな。身元も知れぬ田舎者ではな」

「なら、せめて、息子だけでも上のお人に見せてくれ！　――息子は虹の髪なんだ！」

父は手を伸ばし、冴紗の被《かぶ》りものを剥《は》ぎ取った。

門番は鼻で嗤《わら》う。

「染めたのではないのか？　たしかに光ってはいるようだが、短いうえに、こ汚《きたな》くてわからんな。かなりの美童《びどう》であるのは、認めるがな」

「……なら、…冴紗、目ぇ開けろ！　…ほら、この子の目を見てくれ！　瞳だって虹色だ！　瞳を染められるような染め粉《こ》は、どこにも出まわってないぞ！」

父に急《せ》かされ、あわてて冴紗は目を開けた。

門番は面倒臭《めんどうくさ》そうに背を屈《かが》め、冴紗の瞳を覗《のぞ》き込んでいた。

その顔が、見る見る強《こわ》ばる。

……神よ……。

親子をさんざん小馬鹿《こばか》にしていた門番は、唖然《あぜん》とつぶやきながらあとずさった。


じつのところ、——そこから先は、記憶が混濁《こんだく》している。

門番は狼狽し、こけつまろびつ仲間を呼びに行った。

神の御子が……！

まさか、そのような報《しら》せは、どこよりも……。

宰相にお伺《うかが》いを！

いや、王がまもなくお戻りになられる。直接お見せしたほうが……。

それほど大勢の話し声など聞いたことのなかった冴紗《さしゃ》は、怯《おび》え、父にしがみついたままであったのだが。

事件は、——そのさなかに起きたのだ。

近づいてくる走竜たちの気配。

民の使用する貧相《ひんそう》な竜ではない。あきらかに、王騎士団の所有する軍竜の、一糸《いっし》乱れぬ蹄音《ていおん》だ。

冴紗の目が最初に引き寄せられたのは、先頭を進む王ではなかった。

そのうしろの走竜に騎《の》る、漆黒《しっこく》の皇子であった。

竜上のかの君は、少年でありながら気高く、猛々《たけだけ》しかった。

黒。

光りかがやく漆黒。

だが、そこへ、殺気《さっき》をはらんだおぞましい声が、

「王よ、お覚悟を！」

記憶が定かではないのは、……それより先の、血なまぐさい戦いのせいであろう。

近衛兵《このえへい》のなかに謀反者《むほんもの》が混ざっていたのか、それとも近場《ちかば》に身を潜《ひそ》めていた者が、門前での混乱に乗《じょう》じて、いまが機《き》とばかりに打って出たのか。

白刃が煌《きら》めき、眼前《がんぜん》に血飛沫《ちしぶき》が散った。

竜上の王はふいを衝《つ》かれ、背後から一撃《いちげき》を受けた様子、が、しかし、

「おのれ…っ！」

竜から跳び降り、謀反者《むほんもの》に斬《き》りかかってゆく。

激しい息づかい。

刀のかみ合う金属音。

「微力《びりょく》ながらご加勢《かせい》いたしまするっ！」

父は腰から刀を抜き、戦闘《せんとう》のなか、しゃにむに飛び込んでいった。


敵は幾人なのか。どの者が敵なのか。

ひとりではなかった。ひとりならば、簡単に斬り伏せられたはずである。

冴紗《さしゃ》は震え、身動きもかなわず立ちすくむばかりであった。

敵の手は恐るべき迅《はや》さで、王と側近《そっきん》、さらには父の身体までをも斬り刻んでゆく。

あまりの惨烈《さんれつ》さに、悲鳴さえあげられぬ。

……このままでゆけば、皇子も自分も殺される……。

黒の皇子の背後に、刀がきらめいた瞬間。

冴紗の手は、ようやく動いてくれた。

背中の弓をとる。

矢をつがえ、放つ。

空気を切り裂き、矢は敵のひとりの腕を射抜いた。

突然の加勢に、キッと冴紗のほうを睨んだ男は、

「……ひ…っ…」

どうしたことか、——その場の空気にそぐわぬなんとも情けない声をあげ、腰を抜かしてしまったのである。

虹《にじ》の御子《みこ》よ。

気づいたときには、……あまたの死体。王も、王を庇《かば》った父も血の海に転がり、…生き残った者たちはみな、冴紗の前にひれ伏していた。

御子よ。

天帝より聖弓《せいきゅう》を賜《たまわ》りて、世を裁《さば》きにご降臨なされたか。

人々が口走る言葉の意味など、そのときの冴紗には理解できなかった。

茫然《ぼうぜん》と立ちすくみ、……ただ、ともに父を失った黒の皇子と、瞳を見交《みか》わすのみであった。

Ⅲ　それぞれの想い

「冴紗《さしゃ》さま、お食事はこちらにお持ちいたしますか？　お疲れでしょう？」

ノックにつづいての、扉の外の声。

物思いに耽《ふけ》っていたことに、そこではじめて気がついた。

夕餉《ゆうげ》の時刻であった。

「いえ、…食事堂までまいります。申し訳ありません」

あわててこたえ、首をかしげた。

和基《わき》の声でも、他の若い神官の声でもなかった。

かるく衣服を整え、扉を開け、驚愕《きょうがく》した。

「……最長老《さいちょうろう》、さま……！」

反射的《はんしゃてき》に膝《ひざ》を折りかけた冴紗を、最長老は手で制《せい》し、悠揚《ゆうよう》とほほえんだ。

「いや、――あなたさまは、だれの前でも膝など折ってはなりませぬよ？　お心ばえのうつくしいことは、ご教育いたした私もうれしく存じますが」

「そのようなことは、…わたしは徒人《ただびと》でございますれば…」

あの、前王の暗殺事件の功績《こうせき》がなければ、いまこうして、この場にさえいられないはずなのだ。

この髪と瞳が虹色でなければ、…いや、あの際も、弓さえ持っておらねば、人々は『神の御子《みこ》』などに見間違えたりはしなかったであろう。いまごろはふたたびあの辺境《へんきょう》の地に戻り、人目《ひとめ》を忍《しの》んで細々《ほそぼそ》と暮らしていたはずである。

四年前はじめて会ったときより変わらぬ穏《おだ》やかな最長老は、長い白髭《しらひげ》を揺《ゆ》らして笑った。

「王も同様のことをおっしゃったのでしょう？　頭を下げるな、と」

瞠目《どうもく》すると、

「和基がしょげておりましたよ。自分の出すぎた行動が王を怒らせてしまった、冴紗さまにたいへんご迷惑をおかけしてしまったと」

冴紗は本心から驚いた。

「なにを、…いえ、…和基には、わたしのほうこそ、申し訳ないことをと、……和基がそのようなことを……」

「あなたさまは…」

最長老は口を開きかけ、いっとき間をおいた。

「……最長老さま…？」

考え深げに、冴紗を見下ろし、

「おいでになれるようでしたら、…食堂のほうへまいりましょう」

背を押した。

廊下《ろうか》を進みつつ、——最長老は独語《どくご》するように言った。

「あなたさまをお預かりしてから、…私ども神殿の者は少々、…どう申してよいのか、……おそらくは、浮かれていたのでしょうな」

「は…?」

真意をつかめず、冴紗は白髪白髭《はくはつはくぜん》の最長老を見あげた。

「みなが、……道義《どうぎ》に縛《しば》られておりました。いや、…それは理想と申したほうが正しいのだとは思うのですが。…虹の御子の、あなたさまの出現は、それほど驚愕でありましたよ。それぞれが、それぞれの思惑《おもわく》で空回《からまわ》りしてしまうほど」

「おっしゃる意味が、わたしには……」

最長老は、慈《いつく》しむように笑《え》みを深め、

「星はあるべきところへ。太陽も月も、あるべきところがございます。…しかし、聖なる虹だけは、…我々のそばまで降りてきてくださる。私たちはそれを忘れておりました」

精一杯理解をしようとしたが、無理であった。

冴紗は、当惑《とうわく》の思いでかすかに首を振る。

最長老は声をたてて笑った。

「よいのですよ。あなたさまは、あなたさまのままでおいでなさい」

祖父という人に、冴紗は会ったことがないが、いたらこんな方だったかもしれない。

神官たちの、冴紗に対する対応はつねに穏やかなもので、…であるからこそ、いつまでも『神の御子』になりきれぬおのれを、冴紗は恥《は》じていた。

……心までは無理であっても、せめてかたちだけでも、人々の望む姿を装《よそお》いたい。

それが、優しい人々に対しての、精一杯の恩返《おんがえ》しであると、冴紗は思うのだ。

食堂へとさしかかったとき、――神官たちが勢揃《せいぞろ》いしているのが見えた。

いま現在、大神殿に生活する神官は総勢五十名ほど。最長老、その下に五名の長老たち、そして最高位が冴紗である。

席にも着《つ》かずに、どうしたのかと、冴紗が見あげると、最長老はうなずき、

「みなは、冴紗さまにお話があるそうです」

長老たちは深く頭を下げた。

「お疲れのところ申し訳ありませんが……。和基から本日のあらましを聞きました」

どの顔も強《こわ》ばった堅《かた》い表情である。

神官たちのうしろに和基の顔を見つけ、

「和基…？　どういう…」

冴紗の問いかけを遮《さえぎ》るように、長老が立ちはだかった。

「畏《おそ》れ多いことでございますが、――私どもはもう黙ってはおられませぬ」

不穏《ふおん》な物言いに、冴紗は戸惑った。

「……わたしの、…なにか、不手際《ふてぎわ》でございましょうか…」

「まさか！」

強い口調の反論が、背後に控《ひか》えていた若い神官の口から飛び出した。

「王に対してです！　我ら、これ以上の冴紗さまへの侮辱《ぶじょく》、許すわけにはまいりません！」

「我らは長きにわたり、王の横暴《おうぼう》に耐えてまいりました。前王の御世から数えれば、すでに数十の年月にわたり、です。…ですが、神殿なくして、国はなりたちません。王はお考え違いをなさっているのです！」

年若い神官たちの興奮《こうふん》した口振《くちぶ》りに、冴紗は懸命に弁明《べんめい》した。

「いえ！　…いえ、…わたしが、…わたしが悪いのです！　王は、お心の広い方です！　けして、…神殿をないがしろになさっているわけではございませぬ！」

現に羅剛王《らごうおう》は、神殿に多額の寄付《きふ》をなさり、さまざまなことがらに気を配ってくださっている。

……王が蔑《さげす》んでいらっしゃるのは、わたしだけで……。

「どうなさるおつもりです、冴紗さま」

長老のひとりが切るような口調で問いかける。

「まもなく御身《おんみ》は二十歳になられる。儀式をすませなければ。聖虹使《せいこうし》になる儀式を」

そうであった。

聖虹使は、性が顕著《けんちょ》になる前に、俗界《ぞくかい》と縁《えん》を切るしきたり。遅くとも二十歳には式を取り行なわねばならぬ。

「……だが」

声で、視線は一点に集まった。声は最長老のものであった。

「いまだ、王の許可が下りぬ」

「ですが！」

食い下がる神官たちに、最長老は重く言い切る。

「決まりごとであってな。王の許可がなくては、聖虹使の即位式《そくいしき》も取り行なえぬ」

「しかし、王はもう四年も返事をしぶっておられる！　それ以前、冴紗さまを神殿にお渡しくださるまでにも、数年、――いったい我らはいつまで待てばよろしいのですっ？」

やりとりをおろおろと見守っていた冴紗は、慎重《しんちょう》に口をひらいた。

「……いま一度、わたしから王に嘆願《たんがん》いたしてみます。…みなさまに、これ以上、ご迷惑はおかけできませんので……」

「ほう」

嘲笑《ちょうしょう》するようなその声は、廊下《ろうか》のはしから響いた。

「おもしろい話をしておるではないか。俺が、なんだと？」

一同は、凍《こお》りついたように身をすくませた。

神官たちを突き飛ばし、威嚇《いかく》するかのごとき悠然《ゆうぜん》とした足取りで、羅剛王は冴紗のほうへと歩み寄ってくる。

身が震えだすのを止められぬ。

「…………お、…王……なにゆえ、この場所に……」

夕餉どきであり、神官全員が地階《ちかい》の食事堂に集まっていた。飛竜のはばたきを聞き洩《も》らしたのは、止《や》むを得《え》ぬこととはいえ、…恐ろしいことであった。聖なる大神殿に忍びこむとは、……王といえども、あまりに傍若無人《ぼうじゃくぶじん》な振る舞いであった。

冴紗をねめつけ、王は凄《すご》んだ。

「ここは俺の国だ。俺が、いつどこに居《お》ろうが、かまわんだろう」

「……ですが……」

突然すぎる到来《とうらい》である。冴紗のみならず、神官たちすべてが、言葉もない。

ふと、――王の視線に気づいた。

ひどく懐かしいものでも見るような奇妙な表情で、冴紗をじっと見据《みす》えている。

「……ぁ……」

冴紗は小さく声をあげかけ、おのれの指先で唇を押さえた。

……仮面を……。

神殿内であるため、つけていなかった。

冴紗は頬に血がのぼるのを感じた。神殿にあがってからは、一度も王の前で素顔《すがお》を見せていなかったのだ。

「………し、…失礼…を…」

思わず袖《そで》で顔を隠そうとした冴紗であったが、王の強い手が、腕を掴《つか》み取った。

「許さぬ！　顔を隠すことなど、だれが許したっ⁉」

胸が堅いものにあたり、…そこではじめて冴紗は、王に抱き寄せられたことを知った。

頭上から、いかずちを思わせる怒号《どごう》が響きわたる。

「神官ども、部屋を貸せっ！　人払《ひとばら》いをせよっ！　俺は冴紗とのみ話がしたい！」

足が萎《な》えてしまったのか。まともに立っていることさえできぬ。

あらがおうにも、意識が遠退《とおの》きそうなのだ。

「……王、…わたしは……」

「黙っておれっ」

王は冴紗をきつく抱き締めたまま、唸《うな》るように言った。

「それから、長老ども。よくも俺をたばかってくれたな」

ざわざわと狼狽《ろうばい》の声。

「なにが、若い神官はひとりも居らぬ、だ…？　この場が安全かっ!?　貴様ら即刻《そっこく》、全員の首、打ち落としてやりたいところだぞ！　……ようも、…四年も……」

唸る言葉の意味は、やはり冴紗には理解できぬ。が、長老たちは心当たりがある様子、口々に申し開きの弁《べん》をつぶやいている。

ふん、と王は鼻で嗤《わら》った。

「狂うているのは、俺だけではないらしいな。べつに驚きはせぬ」

「王よ。ですが、私どもは最善の策《さく》をとったと自負《じふ》しております。なるほど、そのことでは王をたばかりましたが、この大神殿以上に冴紗さまのお身を守れる場所など、存在いたしますか」

最長老の言葉にも、王は鼻を鳴らしただけであった。

「言うてみい！　いっそ、冴紗を放しとうはないと、はっきりとな！　さぞや愉快《ゆかい》であったろうな。俺の血へどを吐《は》くような狂いぶりは、…どうだ、見ていて笑えたであろう？　幾度俺は乞《こ》うた？　一時預けただけであると、返してくれるのならば、俺は地べたに這《は》いつくばってもかまわぬ、王位《おうい》さえいらぬと、そこまで言うたはずだぞ」

王の口振りが恐ろしかった。

つねのように荒々しく怒鳴ってくださったほうが、よほど恐ろしくないほど。

意味は解《げ》せずとも、冴紗は黙っていられなくなり、

「どうか、お気を静めくださいませ。わたしのことで、なにかお怒りなのでしたら、」

王はゆっくりと、冴紗に視線を移した。

言葉は止まってしまった。その瞳の、あまりの冥《くら》さに。

「来い、冴紗」


そして、激しく扉の閉まる音。

食事堂ではない、他の部屋に連れ込まれた模様《もよう》だ。

状況を察《さっ》した瞬間冴紗《さしゃ》はとり乱し、礼も失《しっ》して王を突き飛ばし、扉に駆け寄ろうとした。

「冴紗っ！」

が、あと数歩というところで腕を掴まれ、冴紗は強い力で扉に叩きつけられた。

「俺から逃げるなっ！」

しかし、きつい口調とはうらはらに、王の瞳は暗黒《あんこく》の闇のようだ。

「……乱暴を、…俺にさせるなっ。…なにゆえ、…逃げる……！」

吸いこまれそうな、深い、夜の瞳。

唐突《とうとつ》に、痛みのように思う。

……男の方になられた……。

四年前、おそばを離れる前は、まだ少年の面影《おもがげ》が残っていらしたのに。いまは、目も眩《くら》むほど、男の方だ。

見上げねばならぬ長身。肉を喰《く》らう獣《けもの》のごとき体躯《たいく》。儚《はか》なげと人に評《ひょう》される冴紗とは、大人と子供ほども違う。

王はかすれた声で、呼ぶ。

「……さ、しゃ……」

この方はひどい苦痛を感じていらっしゃる。

冴紗を強引に押さえ込み、脅《おど》すようなことをしていても、痛みが、身体から溢《あふ》れている。

それとも、これはおのれの胸の痛みか。

冴紗は、漆黒《しっこく》の瞳から目を離せない。

「……わたしは、お話などなにも……先ほども…王宮で、お逢いしたばかり…」

「さきほどは邪魔が入った！」

「……ですが、王が……」

目頭《めがしら》が熱い。

自分でも、なにを言いたいのかわからぬ。

……お逢《あ》いしとう、ございました…。こうやって、昔どおり、お話をしたかった…。

心中で、啜《すす》り泣くような声がする。

それは冴紗の、真実の声やもしれぬ。

「おまえは、…なぜ、このような場所に居る。おまえはなにを考えておる」

王の声が、血を吐くような悲痛《ひつう》なものに聞こえる。

応える自分の声は、消えいるばかりに絶《た》え絶《だ》えだ。

「…………王が…ご命令に…なられましたので……」

驚愕の表情になった。

「聞いては、……おらぬのか…？　知らぬのか、おまえは…？」

「なにを、で、…ございましょう」

は！　と王は一声《ひとこえ》高く笑った。

「愚問《ぐもん》であったな。俺の味方などどこにも居らぬ。みなが、おまえと俺を引き離す。――俺に狂い死ねとでもいうのか！」

ふいに王は口調を変えた。

「では、ようやく本人に直接言えるというわけだ」

羅剛王《らごうおう》は、傲慢《ごうまん》にも、哀訴《あいそ》にも聞こえる声で、その言葉を告げた。

「――戻ってこい、冴紗。王宮へ。俺のもとへ」

冴紗《さしゃ》は瞠目して羅剛王《らごうおう》を見つめた。

なんと、…残酷《ざんこく》なお方であろうか。

そのお言葉ひとつで、冴紗がどれほど苦しまねばならぬのか、神官や人民、どれほどの人々が振り回されねばならぬのか、…まったくおわかりになってらっしゃらぬ。

「そのようなことができぬのは、王であるあなたが、もっともご存じでございましょうに」

「できるかできぬか、ではない！　おまえがっ、………俺はっ、…おまえが……」

言い淀《よど》む王に、冴紗の心は膿《う》み爛《ただ》れる。

……惨《むご》いことをおっしゃる……。

冴紗は思わずきつい口調で、

「ですが、…忘れたとは言わせませぬ！　あなたは、わたしを疎《うと》んで神殿へあげたのでしょう？　――十五のあの日、わたしがはじめての戦地へ出立《しゅったつ》する日に！」

その戦いは、隣国《りんこく》とのごく小さな争《あらそ》いごとであったが、冴紗にとっては晴れがましい初陣《ういじん》であった。

入隊許可がだされる十五になると、冴紗は子供のころからの願いどおり、騎士団入隊を希望した。

父と同様に、王を守り、王のために命を捨てることこそが、理想であった。

父の崇拝《すうはい》する王は前王であったが、冴紗の心中の王は、お逢いしたあの瞬間から、『羅剛王』である。

だが、神の御子であり、王の親友でもあった冴紗に、まわりの反応は複雑であった。

冴紗さまに傷ひとつおつけしただけで首が飛ぶであろう。恐ろしゅうてたまらぬと、……そのような陰口《かげぐち》を聞いたこともあった。

けっきょく冴紗があまりに望むので、後方の部隊であればということで入隊を許可されたのである。

「ですのに……」

訓練をつみ、冴紗は出陣《しゅつじん》の日を指折り数えて待ちわびていたが、——羅剛王自身が、直前になってそれを拒否《きょひ》したのだ。

冴紗が戦地へ赴《おもむ》くことはまかりならぬ、と。出立支度をしている兵営《へいえい》に、急使《きゅうし》が届いたのである。

それどころか、とつぜん禁色《きんじき》を与えた件をもちだし、一刻も早く神殿に入れという命。

冴紗は絶望し、……ただひとり、神殿に向かったのであった。

王はあきらかに狼狽《ろうばい》していた。

「……あれは……」

「ですから、忘れたとは言わせませぬ！　わたしは、…あなたをお護《まも》りしたかった！　力不足でも、命かけてお護りいたす所存《しょぞん》でございましたのに、…たしかにわたしは剣の腕は拙《つたの》うございましたが、弓だけは隊一《たいいち》の腕であると、軍師《ぐんし》さまからもお褒《ほ》めいただいておりました！　――ですのに、あなたは、わたしだけを、直前、任《にん》からお外《はず》しになった！　わたしが泣いておすがりいたしましたのに、冷たく…！」

王の瞳は揺れていた。

幾度か口を開きかけ、だが言葉にはならぬ様子。

「このような容姿、…なぜにおまえは虹の髪、虹の瞳など有しておるのか、と……お責めになったこともございました。わたしは、せめて、…せめてそれならば、あなたのお役にたつ人間でいとうございました」

冴紗は震える声で言った。

「お恨《うら》み……いたしております、王よ。……申し訳ございませぬが、…このような申し上げよう、まことに無礼千万《ぶれいせんばん》とは存じておりますが、……お許しください…」

四年前、神殿に行けと命じられたあの日から、心に秘めていた真実だ。

それが本心なのだ。

王は茫然《ぼうぜん》と言葉を吐いた。

「おまえは、…ずっと俺のことをそのように思うていたのか……？　恨んでいた、と……

そう申すのか……？」

冴紗のほうこそ、茫然とした。

はじめて見る。王の、それほど、苦しげな表情は。

……なにゆえ…そのようなお顔をなさる……。

王は芝居《しばい》などできるお方ではない。そのような姑息《こそく》なまねを、この方はなさらぬ。

冴紗は胸苦《むなくる》しく思った。

……わけでもあったのでしょうか。わたしの知らぬ、なにかが……。

しかし、もう自分は一生、王のおそばへは戻れぬ。

誤解《ごかい》があったとしても、冴紗の境遇《きょうぐう》はなにも変わりはしないのだ。

世に『虹の御子』の名は知れわたっている。大神殿には連日、侈才邏《いざいら》のみならず、近隣諸国から多数の善男善女《ぜんなんぜんにょ》が詣《もうで》る。民の信心を裏切るわけにはいかぬ。

冴紗はせつなさに胸を裂《さ》かれる想いで、言いつのった。

「さきほどのお話、お聞きでございましたら、――許可を下さいませ、王よ。……わたしは、聖虹使《せいこうし》にならねばなりませぬ。禁色を賜ったときから、…それは定められたこと、ほかならぬ王ご自身が、お決めになったことでございますゆえ」

羅剛王は無言《むごん》であった。

冴紗をきつく掴んでいた手をはなし、うちひしがれたように扉を出ていった。

## Ⅳ　痛み

獣《けもの》が、来る。

……ああ、…また……。

冴紗《さしゃ》はうちふるえた。

夢である。それはわかっている。わかってはいるが、…逃げられぬ。逃げようがわからぬ。

かならず、深い森。かならず、夜。

虹の神官服を足にからませ、冴紗は走る。

父母と暮らしたぬくもりのある森ではない。木々が冴紗をからめとるかのごとく、うねうねと動く。いや、そのようにさえ見えるほど、あまねく恐怖に満ちた森。

来る！

ぐ、る、る、…と、威嚇《いかく》のためだけに、やつは唸《うな》る。

冴紗の恐怖を嘲笑《あざわら》うかのように。

もうすぐだ。もうすぐあの黒いたてがみと、闇のような瞳が、浮かびあがる。
夜よりも暗い瞳。だが、そのなかに、ぎらぎらとした欲望《よくぼう》を光らせて。
ぱき。
枯《か》れ木を踏みしだき、一歩一歩と歩み寄ってくる獣《けもの》の気配。
冴紗は戦慄《せんりつ》した。
……これは夢。
いつもの夢なのだ。
おのれに言い聞かせる。
……逃げねば、…このままでは……。
躊躇《ちゅうちょ》するまに、獣は冴紗との距離を縮《ちぢ》めていた。
気づいたときには手遅れであった。
「……あっ！」
一気に、獣は冴紗に襲いかかってくる。
巨大な、…竜ほどもあろうかという、漆黒《しっこく》のけだものだ。
するどい爪《つめ》で服を引き裂かれ、のしかかられる。
獣の生臭《なまぐさ》い息が、顔にかかる。
……早く、…早く、眼を覚《さ》まさねば……。

いつもおなじなのだ。

獣は、その長いザラザラとした舌で、冴紗の身体を舐《な》めまわす。牙と爪で神官服を剥《は》ぎ取り、しかしけっして傷はつけぬ。ただ執拗《しつよう》に、舐めるのだ。

「ゆ、…許して」

獣に言葉など通じるはずもないのだが、冴紗は虚《むな》しく哀願《あいがん》する。

「お願いですから、……はなして……！」

だが、獣の息はなお荒くなる。

羞恥《しゅうち》と嫌悪《けんお》に、冴紗の身体は小刻みに震えつづける。

獣毛《じゅうもう》が素肌《すはだ》に痛い。獣は身をすり寄せて、冴紗をいたぶるのだ。

灼熱《しゃくねつ》のような獣の身体でも、ひときわ熱い場所、――それは股間《こかん》のものだ。

獣はつねに下腹部《かふくぶ》を腫《は》れさせ、腹をうたせている。

「だれか、…助けて…」

涙ながらに冴紗は言った。

おのれの剛直《ごうちょく》を冴紗にこすりつけ、獣は冴紗の下腹部を舐める。

毎度おなじ展開であるのに、冴紗は咬《か》み砕《くだ》かれてしまいそうな恐怖感におののく。

「……いやです、…いや…だれか……！」

いくらもがいても、冴紗の身体は獣の前脚《まえあし》で押さえこまれている。

ぺちゃ。

懸命《けんめい》に、声をのみこんだ。

ぬめつく獣の舌は、冴紗の羞恥の芯《しん》を刺激する。長い舌をからませ、ぺちゃ、ぴちゃ、と淫猥《いんわい》な音をたてて、汁を絞《しぼ》ろうとする。

「………っ…く………」

おぞましい。神に仕える身には、もっとも恥《は》ずべき場所、聖虹使《せいこうし》になる際には切断《せつだん》される場所が、……………穢《けが》わしい獣によって、身悶《みもだ》えするような心地よさに包まれる。

そのことが、冴紗にはいちばんに恐ろしいことであった。

「やめてっ、…や……」

触れてはならぬ禁断《きんだん》の場所なのだ、そこは。神官たるもの、快《かい》など感じてはならぬ。ましてや、相手はけだもの。汚《けが》されてはならぬ。けっして。

そう、……いつも、心を戒《いまし》めるのだ。

しかし、極上《ごくじょう》の甘露《かんろ》でもあるかのように、黒い獣が白蜜《しろみつ》を啜《すす》るころになると、……毎回身も世もない浅ましいあえぎを発《はっ》しながら、冴紗は意識を手放すのであった。

目覚め、寝具《しんぐ》のなかにおのれの放《はな》った跡《あと》を見つける。

「……なにゆえ……」

冴紗《さしゃ》は涙をこらえてつぶやく。

あの黒い獣は、おのれの欲望の具現化《ぐげんか》か。それとも、我が身は魔《ま》に魅入《みい》られたのか。

いずこよりやってくるのか。あの淫猥《いんわい》なけだものは。

夢とはいえ、まだ獣の唾液《だえき》がこびりついているような気がした。

冴紗は身を清めようと思いたった。

神殿の地下洞《ちかどう》には、聖なる泉がある。

こんこんと湧《わ》きだす清浄《せいじょう》な水は、深い神秘的な光を放っている。すべてのものを癒《いや》す力があると言い伝えられてきた。

音をたてずに扉を出ると、廊下を歩《あゆ》み、石造りの螺旋階段《らせんかいだん》を静かに降りる。

燭台《しょくだい》も持たず神殿内を歩む冴紗を、神官たちはさすが神の御子、とそのようなことにすら感激したが。

虹の瞳のためか、幼きころ森で暮らしたためか、冴紗の目は闇をも見通《みとお》せた。

長い階《きざはし》を降りながら、やはり脳裏《のうり》に浮かんでしまうのは、あの方のお姿。

……王は、もう宮殿にたどり着かれたでしょうか……。

いまごろになって、胸がふるえる。

冴紗をいたぶってらっしゃるのか、あの方の新たな苛令《かれい》であるかと、そうも思うが、それ以上の嬉《うれ》しさに、涙があふれる。

……戻ってこい、と…おっしゃってくださった。

あのひとことだけで、もうなにもいらぬ。戯《たわむ》れでもかまわぬ。本心は、恨んでなどおらぬ。恋《こい》しくて、……恋しくて、……ただ身を切られてしまうような痛みに、あのような責めごとを吐いてしまっただけだ。

王であられるあの方に、おなじ性《せい》であるあの方に、自分はなぜにこれほど焦《こ》がれてしまったのか。

この身とこの魂《たま》を分けられるのならば、身は神の器としてこの場に置き、いますぐ魂魄《こんぱく》はあの方のおそばに翔《と》んでいくものを。

泉は淡《あわ》くかがやいていた。

だれも居《お》らぬのを見定め、冴紗は衣《ころも》を肩から落とし、生まれたままの姿になる。

ひたると、――さぁぁーっと、長く、水面に、虹の髪が広がる。

昔、王が一度だけ、うつくしいとお褒《ほ》めくださった。

そのお言葉を胸に留《とど》めるために伸ばしている。

いまは背ほども伸びた。

尋常《じんじょう》ではない長さになったこの髪は、冴紗の想いの結晶《けっしょう》なのかもしれない。

水は冷たかった。

だが、その冷たさが、汚れた身体も精神までもを清めてくれそうな気がした。

冴紗はおのれに言い聞かせるようにつぶやく。

「……これで、…いいのでしょう」

羅剛王には、まもなくお妃《きさき》さまがいらっしゃる。王は今度こそお見限《みかぎ》りくださるであろう。

自分はひどいことを申し上げた。王は今度こそお見限りくださるであろう。

王は、ただお寂しいだけなのだ。

母君は自害なされ、父王は彼を疎《うと》んだ。宮殿内でも、王はつねに孤独であった。

……虹の髪の姫君が嫁《とつ》いでいらっしゃれば、お子がお生まれになれば……。

そこまで考え、冴紗は泉から出た。

どれほど。どれほど、善《よ》いことであると思おうとしても、胸の痛みが消えぬ。このやましい想いは、浄化《じょうか》の泉でも祓《はら》えぬのか。

できうるものならば胸《むね》掻《か》き捌《さば》き、この胸のやましき想い、みなに見せてさしあげたい。

冴紗は薄《うす》く笑った。

「一目《ひとめ》なりとご覧になれば、神の御子だなどと、もうどなたもおっしゃいますまいに」

冴紗《さしゃ》の一日は、まず神に祈りを捧げることからはじまる。

虹霓教《こうげいきょう》は、いうなれば多神教《たしんきょう》である。

あまたの精霊《せいれい》たち、自然の神々、王としての『太陽』と、妃としての『月』、そして天帝である『虹霓《こうげい》』を、もっとも深く讃《たた》える。

立場上ではすでに神官長である冴紗は、神官たちを代表して聖典《せいてん》を誦読《しょうどく》する。

朝の祈りがすむと食事。それから神官たちとの会合《かいごう》。

陽が昇《のぼ》るころになると、謁見《えっけん》の時間だ。

むろん、飛竜など許されておらぬ民たち、老人や病人も数多くいる民たちが、最高峰である麗煌山《りこうざん》を登り切るのは並大抵《なみたいてい》の苦労ではない。

しかし民たちは、虹の御子である冴紗さまのご尊顔《そんがん》を一目拝したいと、岩肌《いわはだ》を這《は》うようにして、幾日《いくにち》もかけ、登ってくる。

その数は連日《れんじつ》百を越《こ》える。

冴紗はひとりひとりの悩み苦しみを聞き、祝福《しゅくふく》を与える。

以前、神殿に飛竜がいれば民ももう少々楽に行《い》き来《き》できます、と冴紗が頼んだこともあったが、王はひどく不快《ふかい》そうな顔で黙殺《もくさつ》した。竜などつねに置いておったらどこに逃げるかわからぬ、…とちいさくつぶやいて。

謁見がすむと、夕の礼拝。

食事と沐浴《もくよく》。

そうして夜も更《ふ》けてからようやく自由な時間が与えられるのだが、そこからは勉強の時間である。国の歴史、宗教のありかた、はてはさまざまな雑事《ざつじ》まで、冴紗が学ばねばならぬことは山ほどある。

床《とこ》につくのは日付が変わってからである。

であるのに。

王の気紛《きまぐ》れな呼び出しは、この規則正しい生活のすべてを壊してしまうのだ。

ひとたび召喚《しょうかん》がかかれば、幾日もかけて神殿にやってきた善男善女を待たせ、他のすべてを切り捨てて、王のもとへと飛ばねばならぬ。


あの日以来、王からの召喚はなかった。

寂しさに押し潰《つぶ》されそうになりながらも、冴紗《さしゃ》は日々のおつとめに没頭《ぼっとう》した。

だが、——静かな日常は、またもや飛竜の羽音《はおと》で乱されることとなった。

「冴紗さま！　お支度中申し訳ありません！」

和基《わき》のその声を聞いただけで、冴紗にはわかってしまった。

……あれしきのことで、王がお心を変えてくださるわけもなかった……。

あきらめとも安堵《あんど》とも判別《はんべつ》しがたい感情に嘆息《たんそく》しながら、冴紗は謁見用の服を整え、扉を開けた。

「ええ。もう着替え終わりました。…で、本日のご用向きは、なんですか」

情けなさそうに、和基はうつむく。

「お衣装が、…騎竜の服が、織《お》りあがったそうでございます」

一瞬、目前が暗くなった。

……服など……。

すでに、衣装棚に入りきらぬほどいただいているというのに。王はまたそのようなものをお作りになったのか。

虹織《にじお》りの服一着、虹石《にじいし》のひとつでもあれば、民は数年食べてゆけるというのに。冴紗も、もう結構でございます、とさんざん申し上げているにもかかわらず、なにゆえ王は無駄な散財《さんざい》をなさるのか。そしてなにゆえに、一着仕上がるごとに、冴紗を王宮へ呼び寄せるのか。

「………具合が悪いと、伝えてくれませぬか……」

和基のほうこそ怒りを抑《おさ》えかねているらしい。あんのじょう、吐き捨てるような返事。

「断りました。私も。冴紗さまはお忙しい方ですし、お体もあまり丈夫《じょうぶ》な方《かた》ではありません。度重《たびかさ》なる登城《とじょう》はご負担《ふたん》になりますと、神官数名で申し上げたのですが……騎士団の方々も、お困りのようなのです。こたびは、竜にくりつけても冴紗さまを連れてこいとの、きついお達《たっ》しだそうで……」

そうですか、と冴紗は口のなかでつぶやいた。

やはり、という感が強かった。

「……行かねば、ならぬのでしょうね」

騎竜の衣装とわざわざ言ったのなら、今度こそわかりやすい言い訳である。虹織物が数日で出来上がるわけもないからだ。

冴紗は感情を抑えて尋ねた。

「本日、謁見にいらしている方々は、どれくらいです?」

「五十人ほどでした。雨ですので、少ないようです」

冴紗は、かるく安堵の吐息をついた。

「ならば、…明日まで待っていただくこともできますね。長旅《ながたび》でお疲れのところ、申し訳ないことですが……」

「冴紗さまのせいではありません！　民も、わかっております！」

それであっても、と冴紗は思うのだ。

……わたしが王に疎まれていなければ……。

冴紗は、このところずっと考えていたことがあった。

自分などが、聖虹使《せいこうし》になってもよいものなのか。かえって、人々の害になってしまうのではあるまいか……。

「本日は、神官方のご同乗はお控《ひか》え願いたい。代わりにそれがしの同乗、王より許可をいただいてまいった。必ず冴紗《さしゃ》さまを無事に王宮まで送り届けますゆえ、ご安心めされい」

永均《えいきん》騎士団長は屋上まで見送りに出た長老たちに、実直《じっちょく》な口調で告げた。

顔を見合わせ、複雑な表情の長老方。

「送り、…届けていただくだけでは……」

「我らの聞きたい確約《かくやく》は、必ず無事に『神殿』まで戻してくださる、ほうですから……」

神官たちの苦笑《くしょう》まじりのつぶやきに、騎士団長も苦笑を浮かべた。

「それも、お約束つかまつる」

雨で滑《すべ》りますゆえ、お気をつけを。と、冴紗の手をとり、永均は飛竜に騎《の》り込む。

背後から抱きかかえ、おのれの外套《がいとう》を脱ぎ、冴紗の頭からすっぽりと被《かぶ》せた。

「ご無礼を。都では雨は降っておりませなんだ」

冴紗はちいさく首を振った。

「いえ、…わたしは濡《ぬ》れてもかまいませぬ。永均さまこそ、お風邪を召《め》されてはたいへんでございます」

他の騎士たちに出立の合図を出しながら、壮年《そうねん》の武官は笑った。

「いやいや。それがしも、首はひとつでござるゆえ」

痛い言葉であった。

永均は先代からの忠臣である。現王は、幼きころよりこの男に剣の指南を受けている。

言うなれば育ての親のような存在であるはずだ。

であるにもかかわらず、おのれに背《そむ》けば斬首《ざんしゅ》であると、羅剛王《らごうおう》は脅《おど》されるのか。

「…………かなしゅう…ございます。わたしは……」

永均は背後でなおも笑う。

「それがしは、うれしゅうござるよ」

「は…？」

永均は飛竜の手綱《たづな》を引き、わずか、隊列《たいれつ》から離れた。

他の騎士たちには聞かれたくない話らしい。

「お言葉を返すようですが、ようお育ちくださったと、満足いたしておりまする」

「……そう、…でしょうか」

永均は耳元で、ぽつりぽつりと語った。

「それがし、妻も子もおりませんでな。生涯《しょうがい》をお国のためにと思うておりましたが、…栄誉《えいよ》なことに、皇子《おうじ》のご指南役を任《にん》じられました」

ああ、やはりそれほどの思い入れで羅剛王のそばにいたのだと、冴紗は胸に落ちるように納得した。

永均は言葉をつづける。

「王は、強さだけではなく、人としての深い情もお持ちになられた」

言葉に奇妙な色が混ざりはじめた。さきほどまでの屈託《くったく》ない笑いとは違う、なにかが。

「ただ、…………王の、……あの方の、お心を捕《とら》えて放さぬのは……」

いや、と永均は言葉を切った。

「言うてもせんないことを申し上げるのは、やめにいたす。冴紗さまも、お苦しみであろうゆえ」

びく、と身体が震えた。

やはり自分に関しての話であったかと、冴紗は身をすくませた。

永均はひとつ息を吐くと、告げた。

「明後日、——峥嶮《そうけん》国より、美優良王女《みゆらおうじょ》さま、お輿入《こしい》れでござる」

まわりから、……すべての物音が消えた。

今聞いた言葉だけが、こだましていた。

……お輿入れ……？　羅剛王《らごうおう》へのもとへ……？

自分でも、わからぬ。

いかにすれば、身体が動くようになるのか。言葉が口より出てくれるのか。

「お国のためで、ござる」

だれに言っているのか。永均《えいきん》の物言いは、冴紗《さしゃ》にではなく他のだれかに語っているようであった。

「もはや、これしか手はござらぬ」

切り捨てるように、永均は言う。

「宰相《さいしょう》、重臣、すべての者の、願いでござる」

ようやく冴紗の口は言葉を発してくれた。

「……美優良《みゆら》、王女さま…とおっしゃる方との、ご婚姻が、ですか…」

「どなたでも、かまわぬのです」

怒ってでもいるような返事。

「無理なことは、重々承知《じゅうじゅうしょうち》のうえ。王は、すでに囚《とら》われ人じゃ。呪縛《じゅばく》を解《と》けぬ。であるならば、……星予見の予言どおりに、国は動く。それだけは避《さ》けたいと、臣下一同、苦肉《くにく》の策を弄《ろう》し申した」

ひじょうに恐ろしい話をされているのだと、冴紗はおののいた。

「……わたしは、……わたしなどが、…そのようなお国の重大事に、口を差し挟む権利などございませぬが、」

「いいえ。冴紗さまこそが、」

永均は言葉を止めた。

「いや、……いや、……他の者にも釘《くぎ》を刺《さ》されており申した。冴紗さまはご存じないのであると」

冴紗はたえきれず、振り返った。騎士団長がどのような顔で話をしているのか、見てみたかった。

永均は、苦渋《くじゅう》の面持ちであった。

「美優良王女は、――御年《おんとし》十六になられる、たいそうかわいらしいお方と聞き申す」

冴紗の視線から目をそらしながら、そう言った。

であるので、……冴紗には、すべてわかってしまった。

人々は、やはり自分の気持ちに気づいていたのだ。

冴紗の、王に対する想いを見抜き、こうして暗《あん》に警告《けいこく》しているのであろう。

もう、羅剛王に近づくでない、と。

冴紗は、やっとの思いで、言った。

「……申し訳ございませぬが……」

「はい」

「……気分が悪いので……」

あとは、なにも言わずともよかった。

永均は大声で、

「冴紗さま、この雨でご気分がすぐれぬそうじゃ！　これより神殿まで送り届けるゆえ、そのほうらは宮殿に向かい、王にその旨《むね》申し伝えよ！」

部下の騎士たちに告げると、竜の手綱を引き旋回《せんかい》させたのであった。


神殿に戻ってもまともに職務《しょくむ》につけず、冴紗《さしゃ》は無理を言ってそのまま床《とこ》に入った。

雨であったのが幸《さいわ》いした。言い訳にできた。

……王に、正妃《せいひ》が……。

明後日。それほど近い日取りであったのか。

泣く間もない。痛みすら、さほど感じぬ。

人は、あまりに強い衝撃《しょうげき》を受けると、心が死んでしまうものなのか。

信じたくはない現実から、気持ちが浮遊《ふゆう》してしまうのか。

冴紗はうとうとと眠りだしていた。

……このまま目覚めなどこなければよい。永遠に。

心と同様に、この身も朽《く》ち果《は》て、塵《ちり》にでもなればよい。

羽音。

遠くから、聞こえる。近づいてくる。旋回。幾度も。なにかを探しているのか。

半ば夢うつつ、冴紗はそのような音を耳にした。

さきほどの飛竜の羽音か。

耳の底にこびりついているのであろうか。

冴紗《さしゃ》は瞼《まぶた》を開けた。

バサバサと、なにか風に煽《あお》られるような音がしている。

……夢では…ない……？　もしやまた騎士団の方が……？

しかし、音は冴紗の私室《ししつ》の、間近《まぢか》から聞こえるのだ。騎士団の竜ならば、屋上の竜場に降りるはずである。

そのうえ、羽音はひとつしか聞こえぬ。

冴紗はあわてて寝台を下り、窓辺へと駆け寄った。

窓覆《まどおお》いを上げ、夜の闇を透《す》かして見てみる。

……あれは……！

窓の外には、たしかに飛竜に騎《の》った者が、いた。

煽られる風に外套をはためかせる、黒ずくめの男。

冴紗は思わずあとずさっていた。

「……羅剛王《らごうおう》……」

つぶやく声が聞こえたのか。男は視線を飛ばしてよこした。

「そこかっ！　冴紗、どいていろっ！」

王はそう告げると、ひらりと竜から窓辺《まどべ》へと飛び移った。

冴紗はよろよろと身を引いていた。

飛び込んできた王が、自分をおびやかす魔物《まもの》のように思えたのだ。

冴紗の怯《おび》えた顔を見ると、王は不快《ふかい》そうに言った。

「いつものように、挨拶《あいさつ》はくれぬのか」

狼狽《ろうばい》は激しかったが、ここで王を怒らせてはならぬと、懸命に言葉を絞《しぼ》りだした。

「……ご機嫌、うるわしゅう……」

身体の慄《ふる》えが止まらぬ。

死にかけていたはずの心が、軋《きし》み音をたてて動きだすようだ。

「休んで、…おったのか」

はっと気づいた。召喚《しょうかん》されていながら、今日は王宮へ出向いていない。それをお怒りなのであろう。

「申し訳ございませぬ」

冴紗は、頭を下げた。

「雨で、急に具合が悪くなりまして」

「……すまぬ」

聞こえた言葉が信じられず、冴紗は瞳を上げた。

「なぜ驚く。俺が、雨のなか、おまえを呼びつける男だと思うておったか」

ちいさく、冴紗は首を振っていた。

「いいえ。…いいえ。王は情け深きお方なれば、…本日は、都は快晴であったとうかがいました」

「だが、おまえを雨のなか飛ばしてしもうた」

冴紗はうつむいた。

王の目がまともに見られぬ。

胸苦しさに、唇を噛む。

「なにゆえ、…俺の目を見ぬ、冴紗」

見つめてしまったら、涙があふれてしまうからです、王よ。

しかしうつむいていても無駄であった。涙はあふれ、頬を濡《ぬ》らした。

「なにを泣く」

やさしいお声を。

あなたこそ、なぜにおかけになるのです?

明後日にはかわいらしいお妃《きさき》さまを抱くあなたが。

「もう、……捨てておきくださいませ！　後生《ごしょう》でございます。哀《あわ》れとお思いでしたら、……もうわたしの前に、お顔を見せないでくださいませ！」

両手で顔を覆い、泣き崩れてしまった冴紗に、王は激しい口調でなじった。

「哀れと思うなら？　ならばおまえこそ、俺を憐《あわ》れめ！」

「……なにを……」

泣き濡れた瞳を上げると、王は冴紗を睨《にら》みつけていた。

「焦《こ》がれて、焦がれて、……俺は、狂い死ぬ」

「……王……」

「無知《むち》であった！　俺はたしかにな！　だが、…おまえに対する想いは、天地神明《てんちしんめい》に誓《ちか》って、変わっておらぬ！」

冴紗は心底困惑した。

「わたし、には……なんのことやら……」

ふいに！　王は手を伸ばし、冴紗を胸にかきいだいた。

「…………さしゃ……」

意識が遠退《とおの》きそうであった。

王の息。王の匂い。そのようなものが、冴紗を絡《から》めとるようにまとわりつく。

「おやめ……ください。おはなし、くださいませ」

弱々しい拒絶《きょぜつ》の言葉を吐くが、王の腕はきつくなるのみである。

「俺を責めるか、冴紗？　俺の無知を嗤《わら》うか？　…だが、もう十分であろうに。俺はおまえと離れてから、地獄に棲《す》むより苦しんだ。おのれを責めた。もう……許してくれ、冴紗」

混乱が激しすぎる。王の言葉が頭のなかで意味をなさぬ。

いつまでも返事をせぬ冴紗にじれたように、王は言った。

「それとも、おまえはもう他の男のものか。王宮のうつけ者など見限《みかぎ》って、神官のだれぞと心通わせたか」

かろうじて。その言葉の意味は解《かい》せた。

冴紗は思わず身をよじり、王の手を振り払っていた。

「どういう…ことでございます！　男性のものになるなどと……我が身は、いずれ聖虹使《せいこうし》になるとはいえ、れっきとした男でございます！　おっしゃる意味がわかりませぬ！」

王は唖然《あぜん》としているように見えた。

そして、唐突《とうとつ》に高笑いをはじめたのだ。

「は！　じじいども、そこだけは約束をたがえなかったのだな！　誉《ほ》めてつかわそう！」

笑いとばされた冴紗は、怒りが増してしまった。

「なにをお笑いになります！」

ぴた、と笑いやめ、王は奇妙に唇《くちびる》を歪《ゆが》めた。

「笑いたくもなる。安堵《あんど》のあまり、な」

ふたたび伸ばしてきた手は、熱く、冴紗の身体を捕《とら》えた。

「王っ！」

冴紗を抱き締め、耳元でささやくように、王は言った。

「男のものになるという意味を、おまえは知らんのだな？」

不思議な震えが、心身に湧《わ》き起こる。

「それは、…むろん、わたしは王のものでございますれば…」

怯《おび》えたように答えた冴紗を、王は低く笑う。

「さしゃ。神など俺は信じぬが、いまは感謝してもかまわぬぞ」

す、っと。

王の唇が、冴紗にふれてきた。それも、唇に。

「………なにをっ、なさいます！」

驚愕《きょうがく》のあまり、冴紗は声を荒げた。

「王たるお方がっ、…わたしは、あなたさまとおなじ性でございます！　おたわむれにしても、過ぎまする！」

「……たわむれ？」

王の笑いが、なぜかひどく恐ろしい。

大きな手が、捻《ひね》り上げるように冴紗の顎《あご》を掴んだ。

「ようも、…なにも知らんで、…この口が吐く言葉を信じておった俺も、そうとうのうつけ者だがな。なにが、我が身は王のもの、だ。おまえの言うておる言葉は、すべて子供の戯言《ざれごと》じゃ」

揶揄《やゆ》されていることだけは、わかった。

冴紗は精一杯の詫《わ》びを述べた。

「そのようなつもりは毛頭《もうとう》……わたしは、心より、王を、」

ふたたび。

唇が合わされた。

二度目は激しいものであった。

「よい。冴紗、責めているのではない。俺は、喜んでおるだけだ」

王の手が！　夜着《よぎ》の隙間《すきま》から入りこみ、冴紗の脇腹《わきばら》を撫《な》でた。

「……ぁ……」

視線を落とし、自分が薄物《うすもの》しか身につけていないことに気づき、冴紗はうろたえた。

うっとりと、王は言った。

「うつくしいの、冴紗。四年も、仮面のおまえしか見られなんだ。…よう耐えたと、我ながら感心するわ」

それは、…自分を誉めてくださっているお言葉か。

じっと、王は冴紗を見つめる。言葉も出ぬように。

「人ではないようだな、おまえは」

つと、虹の髪を指で漉《す》き、その手で受け、王はくちづけた。

「清らかなのは、…見目《みめ》だけではないのだな。心も、幼子《おさなご》であったのだな」

王は、苦しげに眉《まゆ》を寄せた。

「だが、……許してくれるか、冴紗。いまここで、その身を穢《けが》しても、かまわぬか? 俺のものに、…なってくれるか…?」

身を穢すという言葉の意味はわからずとも、王のお望みならば、どのようなことであっても冴紗はお受けする気であった。

服ごしに、王の中心部が熱をもってきていることが察《さっ》せられた。

王は、熱い昂《たか》ぶりを、冴紗の身体に重ねるように擦《こす》りつけてくる。そうやって、冴紗のものにも熱を移そうとするかのように。

冴紗は羞恥《しゅうち》に身悶《みもだ》えた。

「…………ですが……」

ふいに、口をついて、気掛《きが》かりなことが。

「明後日には、お妃さまが…」

はっとした。

……これは……。

肌を触れ合わせて、抱き合うこと。唇を契《ちぎ》ること。それは……王妃さまとなる方に、なさることではないのか。自分などになさっては……。

「いけません！」

突き飛ばすようにして、冴紗は身を離した。

「峥嶮《そうけん》から、王女さまが嫁《とつ》がれると聞きました。明後日がお輿入れと」

王は瞠目《どうもく》し、即座に吐き捨てた。

「ふん。そのようだの」

「そのようだの、と……ご自身のことではございませぬか！」

王の目に剣呑《けんのん》な光が走った。

「さきほども言うた。俺が欲しいのは、おまえだけだ、冴紗。ほかの者などいらぬ。――臣《しん》たちがいくら姑息《こそく》なまねごとをしても、肝心《かんじん》の俺がこうなのだから、どうしようもなかろうに」

お国のためでござる。

永均《えいきん》の言が、とつじょ思い出された。

王が政《まつりごと》をないがしろになさってはならぬ。虹の髪の姫を王妃に戴《いただ》けば、侈才邏王国《いざいらおうこく》の未来は安泰《あんたい》、国の繁栄《はんえい》は約束されたようなもの。

……わたしごときに、…お心を患《わずら》わせておいでては……。

冴紗はあとずさった。

想いを封じ込めるために、瞬時《しゅんじ》、唇を噛み、言葉を告げた。

「身に余る光栄に存じまするが、あなたさまは一国の王。どうぞ正しきご判断を」

言って、瞳を上げると、――王は呆然《ぼうぜん》とした表情で立ちすくんでいた。

やがて、ぎりぎりと歯を噛み締める音。

「……正しい判断だと…？　おまえが、それを言うか！　俺を狂わせているのは、だれだっ!?　ほかならぬ、おまえではないか！」

冴紗は必死に言い返した。

「ですが、国の政とは、」

「国など知らぬ！　欲しいのならば、叔父上《おじうえ》にくれてやるっ！　いま、牢獄《ろうごく》におるがの、即刻引き出して、王冠《おうかん》を叩きつけてやるわ！」

大股に歩《ほ》を詰《つ》めてくる王に、冴紗は恐怖すら感じた。

王は手の届く距離まで来ると、ゆっくりとひとつの言葉を紡《つむ》いだ。

「――『世《よ》を統《す》べる者』よ」

冴紗は、驚いて叫んだ。

「その名は！」

王は、冴紗の腕をとり、耳元にふたたびささやいた。

「俺に従え。『世を統べる者』の真名《まな》を持つ者よ」

耳を押さえ、悲鳴をあげた。

「おやめください！　その名は、口になさらないで！」

すでに、父も母もこの世におらぬ。いま、その真名を知るのは王だけだ。

挑《いど》むような瞳で、王は冴紗を見下ろしている。

冴紗は、涙ながらに誹《そし》った。

「お帰りください！　そうやって、……そうやって人の心を縛《しば》るのですか!?　あなたに、わたしが、忠誠《ちゅうせい》の証《あかし》としてお教えした真名で！」

王は即座に返してきた。

「俺が、いつおまえの心を縛った？　いつ、そのようなことができたっ？」

最初からです、王よ。

だが。

その言葉はかろうじて口から出なかった。

王は、しばらく冴紗の顔を見つめていたが、

「ならば、俺の真実の名を言えば、おまえは信じてくれるのか？　俺を受け入れてくれるのか」

「……え……？」

冴紗は自分の耳を疑《うたが》った。

「そのようなことが……できるわけがないでしょう？　一国の王、『金色の太陽』の真名は、…お妃さまの、…『銀の月』のものです…！」

それを聞いて、王は勝ち誇《ほこ》ったように告げた。

「ならば、よく聞いておけ冴紗。俺の真名は、――『虹に狂う者』だ」

# V　決心

いつまでも。

冴紗《さしゃ》はいつまでも、窓の外を眺《なが》めていた。

あれは、まこと現実であったのか。おのれの生み出した妄想《もうそう》を、夢うつつで見たのではあるまいか。

疎《うと》まれている、憎《にく》まれていると、そう思うていた。

そうではない、おまえが欲しいと、…あの方はおっしゃってくださった。

「次は、攫《さら》いに来る」

震える冴紗のおとがいを指先で持ち上げ、ながの想い人にするように、しっとりと唇を重ねたあと、

「おまえの無垢《むく》に免《めん》じて、今日のところはこらえてやる。だが、次には、…もう、こらえはきかぬからな?」

飛竜にとび騎《の》り、あの方はそうおっしゃった。

いまだ熱さをとどめる唇に指先で触れ、冴紗は言葉にしてみた。

「……『虹に狂う者』……？」

むろん、嘘《うそ》か戯《たわむ》れであるはずだ。

虹に狂うといったら、それは、虹の御子《みこ》を恋しているということだ。

そのようなことは、ありえぬ。

王のおっしゃった真名がまことのものであったならと、虚《むな》しい望みももってはみたが、

――一国の王が、そのようなことをなさるわけがない。

王の名を知るということが、どのようなことを意味するのか。それも、この強大な国の王の名である。

考えるだに、ありえぬ話であった。

……たとえ、……その名が真実であったとしても、王が狂うのは、わたしではなく、虹の髪の王女のはず……。

そうでなくては、ならぬのだ。

冴紗は明けゆく窓の外を見つめながら、唇を噛み締めた。

すでに、あの方のお姿は見えぬ。

王宮は遠い。神殿には飛竜はおらぬ。脆弱《ぜいじゃく》な冴紗の足では、山を下《お》りるのさえ数日かかるであろう。大神殿は、そういう意味では聖なる牢獄《ろうごく》のようなものである。

すがりつき、その竜に乗せてくださいませと、どこへなりと攫《さら》っていってくださいませと、…さきほど冴紗は、すんでのところで口走《くちばし》りそうであった。

しかし、……言ってしまうわけにはいかなかった。

あの方は、おわかりになってらっしゃらぬ。

想いだけでは、国は動かせぬ。修才邏国王《いざいらこくおう》である羅剛王《らごうおう》も、虹霓教聖虹使《こうげいきょうせいこうし》にならねばならぬ冴紗も、背負《せお》っているものが重すぎる。

指先で、唇をなぞってみる。

あの方が、くちづけてくださった。

いとおしげに。狂おしく。

幼いと、王には笑われてしまったが、冴紗だとて、接吻《せっぷん》の意味くらい知っている。

想い合った恋人同士が交《か》わすものだ。

目頭《めがしら》が熱くなった。

……わたしが、…女性でさえあったなら……。

思うてもせんないことを、冴紗はそれでも思うてしまう。

虹の髪である。虹の瞳である。平民の出であっても、女であったなら、王のおそばに居《い》ることを許されたやもしれぬのに。

「もう、十分でございます」

声に出し、冴紗は言ってみた。

欲深《よくふか》なおのれを戒《いまし》めるために。

窓を閉め、王宮に向かい、平伏《へいふく》する。

「ご厚情《こうじょう》、感謝いたしまする、王よ」

情けない。なんとあさましいことを考えるのだ、自分は。

疎まれておらぬだけでも望外《ぼうがい》の喜びとするべきであるのに、王のお心が自分に向いているのではないかと、…そうであれば、と……心中で、かすかに思っている。

「明後日、…いえ、明日には、お妃さま、お輿入《こしい》れですので」

だが、いくら言葉を吐いても、身が切られるようだ。

契《ちぎ》っていただいた唇が冴紗を裏切る。

……王は、明日には、お妃さまを、あの腕にいだく……。

戯《たわむ》れにくちづけなど与えて、攫いに来るなどという惨《むご》いお言葉を残して、この牢獄《ろうごく》に冴紗を閉じこめたまま。

ふと。

脳裏に閃《ひらめ》くものがあった。

「伝書用の小竜《しょうりゅう》であれば……」

一匹、神殿でも飼《か》われていたはずである。

冴紗はおのれに問うてみる。

王にお恨みごとを…？　いや、そうではない。王に対しては、もうなにも申し上げることなどない。お慕《した》いいたしておりますと、…ただ日々、心のなかで告げればよい。

そうではなく、永均騎士団長《えいきんきしだんちょう》に、冴紗は頼みごとがあった。

以前より、謀反《むほん》を起こした前王の王弟、周慈殿下《しゅうじでんか》という方に、お会いしてみたかったのである。

「お会いして、ご真意を尋《たず》ね、」

すでに謀反のお気持ち無きようであったなら。

もうほかに、心残りなどない。

……みょうにち。わたしは、聖虹使《せいこうし》のお役目を賜《たまわ》りましょう。

佳《よ》き日である。敬愛する羅剛王に、お妃さまお輿入れの、慶《よろこ》ぶべき日である。

許可をいただかぬ儀式であっても、王はお許しくださるであろう。

冴紗の望みは、王の息災《そくさい》だけ。王に害をなす者さえいなければ、心安らかにお役目に就《つ》ける。

そして、国の障《さわ》りであるような我が身も、『聖虹使』になりさえすれば、王のお目には触れぬ。臣《しん》たちの心も安らぐであろう。

空は白《しら》みはじめる。書き物机に向かい、冴紗はすばやく手紙をしたためた。

せねばならぬことは、山ほどある。

「明日」

不思議な安堵感《あんどかん》とともに、冴紗はつぶやく。

契っていただいた昏の思い出だけをいだいて、冴紗は、お役目に就《つ》きます。


最長老をのぞく長老方には、朝の祈りの前、決心を伝えた。

冴紗《さしゃ》の聖虹使就任《せいこうししゅうにん》をもっとも望んでいると思われたからだ。

青ざめ、顔を見合わせ、彼らは言葉もなく頭を下げた。

「喜んでは、くれませぬか」

ほほえみ、冴紗が問うと、——やはり、言葉を探しあぐねる体《てい》で、長老方はつぎつぎ膝《ひざ》をついた。

冴紗の衣の裾《すそ》を手に受け、くちづける。

痛みを感じてくださっているのだと、冴紗は胸が熱くなった。

神官だとて、人であるのだ。儀式のあらましは、冴紗よりも、長く神に仕《つか》える彼らのほうが熟知《じゅくち》しているはずである。

「………尊《とうと》きお方よ、……お慶び、申し上げます」

よい。

この胸の痛みを、わずかなりと解してくれる者があるなら。性を切り捨て、べつの生きものとなっても、心穏やかに生きられよう。彼らの信心の対象としてのお役目を、立派に果たしてみせよう。

だが、和基《わき》をはじめ、他の神官たちには決心を伝えていなかったため、永均《えいきん》がやってきた際、あわてふためかせる結果となってしまった。

「冴紗さまっ、…騎士さまが…！」

「おひとかたでっ、いま！」

謁見《えっけん》中であった。

民の言葉を聞いている最中、神官たち、その背後に永均が、顔色を変えた状態で飛び込んできたのである。

目の前まで大股で歩み寄ると、ざ、っと激しい外套《がいとう》の音をたて、永均は片膝をついた。

「王の許可はいただいてござらぬ。それがし、独断《どくだん》で参り申した」

怯《おび》えを浮かべてあとずさりかけた民に、冴紗はほほえんで見せた。

「おそろしゅうは、ございませぬよ？　こちら、竜騎士団長の永均さま、…我が国を護うておられるお方です」

言いながら、謁見席から腰を上げる。

「おひとかたでいらしたということは、わたしのお願いを叶えてくださるわけですね」

「御意《ぎょい》」

あいかわらずの堅苦しい物言いに、冴紗は久しぶりに声をあげて笑った。

「他の方には頼めませんでした。よろしくお願いいたしまする」

たとえことが発覚《はっかく》しても、手を貸したのが永均とわかれば、王も首を刎《は》ねたりはせぬはずだ。


……十の年月……。

もうそれほど経《た》つのか。

飛竜の背で、冴紗《さしゃ》は感慨《かんがい》深く思い出していた。

父とともに旅をした道。

上から見ても、わからぬ。国のはしからはしまで飛んでも、俯瞰《ふかん》する侈才邏《いざいら》はあまりにも広大で。

父がいま生きていたら、なんと言うたであろう。そうか、やっぱり華奢《きゃしゃ》なおまえが騎士になるのは無理だったか、と頭を撫《な》でて苦笑いするか、それとも、よく頑張ったなと、誉めてくださるか。

「冴紗さま。周《しゅう》慈《じ》殿《でん》下《か》とご子息《しそく》が幽閉《ゆうへい》され申す牢《ろう》、隣国との境《さかい》目《め》付近《ふきん》でござりますれば、いささか刻《とき》がかかり申す。気をお楽に」

堅《かた》い口調のわりには、冴紗を抱き支える永均《えいきん》の手はやさしい。

「ええ」

すこし、冴紗は笑った。

天を見上げる。これほど穏やかな心地で竜に騎《の》ったことなどなかった。速い勢いで飛行しているというのに、揺《ゆ》り篭《かご》でゆられているような。

……父さん、母さん。

天帝《てんてい》さまのところにいらっしゃいますか？　次にお会いするときには、わずかでも、よう頑張ったと、冴紗を誉めてくださいますか…？

その塔《とう》は、国のはずれ、夏でも寒いと聞く辺鄙《へんぴ》な場所に、悄然《しょうぜん》と建っていた。

飛竜が降り立っただけで、あくびをしていたような衛士《えじ》らは、腰を抜かさんばかりに驚いたが、その竜の背に騎《の》っていたふたりを見ると、まさしく驚倒《きょうとう》の体《てい》であった。

「……もしや……あなたさまは……」

いかずちが落ちるがごとき大声で、永均《えいきん》は告げた。

「ひかえよ！　虹霓教総本山《こうげんきょうそうほんざん》、神官長の、冴紗《さしゃ》さまであられる！　本日は周慈殿下《しゅうじでんか》および伊諒殿下《いりょうでんか》をお訪ねである！　すみやかに案内《あない》せよ！」

ささ、と冴紗の手を取り、永均は歩を進めた。

「ながの間《あいだ》手入れもなき朽《く》ちた牢でござる。お足元、お気を付け召されい」

「大丈夫です」

それほど進む間もなく、薄暗い廊下に、鉄柵《てっさく》が見えてきた。

「あ、…お、奥にっ、…いるんですがね、」

怯《おび》えた体《てい》で案内をしていた衛士は、持ったままの槍先《やりさき》で奥を指《さ》した。

「よ、呼んできますかね？　そこんとこまで、ですけどね」

部屋があるようである。たしかに、天井《てんじょう》までの鉄格子《てつごうし》で仕切られてはいたが、ある程度の自由は許されている様子、冴紗は静かに言った。

「ええ。よろしくお願いいたします」

そういう癖《くせ》であるのか、あせりすぎて足元も覚束《おぼつか》ぬのか、衛士はひょこひょこと跳ぶような足取りで格子近くまで行くと、

「おいっ、…おいっ、…ちょっと、あのな…！」

裏返った声で呼ばわった。

どうも、忘れ去られたこの牢獄《ろうごく》で、殿下《でんか》たちは、大切にはされておらぬようであるが、さりとて虐《しいた》げられているわけでもなき様子。衛士たちと馴《な》れ合い、そこそこ平和に暮らしているのであろう。

「……はい…？」

きぃ、と軋《きし》む音とともに最奥《さいおう》の木扉《きとびら》が開き、男がひとり顔を出した。

囚人《しゅうじん》の、生成りの襤褸《ぼろぎ》着である。

柔和《にゅうわ》そうな、その壮年の男、衛士の背後の永均、さらには冴紗に視線を移し、――見るも哀れなほど顔色を変えた。

「………お身さまは…………」

すかさず永均が応《こた》える。

「聖虹使《せいこうし》になられる冴紗さまでござる。周慈殿、そこもともお聞きおよびでござろう」

ころげるように、彼は扉を出てきた。振り返り、伊諒！　と呼ばう間もなく、追って少年も飛び出してきた。

こちらも、襤褸着である。

ほんとうにころんでしまったのか、それとも怯えて近寄ることもできぬのか、ふたりはその場で平伏《へいふく》した。

「畏《おそ》れ多いことでございますっ。…お名は、このような場に蟄居《ちっきょ》を賜りましたわたくしどもでも、お伺《うかが》いいたしておりました！」

冴紗はいささか困り、

「いえ、…おもてを上げてくださいませ。周慈殿下、伊諒殿下」

複雑な心地《ここち》であった。どちらも、罪を犯《おか》したとはいえ、王族《おうぞく》である。

思わず永均を見上げると、

「どうぞ。なんなりと。格子のうえ、こちらには、それがしおよび衛士らもひかえておりまする。どうぞ、お心残りなきよう」

後押しするような言葉。

冴紗は、ようやく口を切った。

「――本日、伺いましたのは、……」

言いさし、言葉に詰まる。

どうしても思い出されてしまう。父、前王、それからあまたの兵たちの血飛沫《ちしぶき》、…すべての発端《ほったん》である、あの事件。

しかし、無駄な時間はないのだ。冴紗は懸命に気持ちをまとめた。

「ご本意を、……謀反《むほん》の、…いえ、」

やはり言い淀《よど》んでしまうと、周慈殿下は、すっとおもてを上げた。

「謀反の意など、毛頭《もうとう》ございませぬ。わたくしと、これには」

このような場で吐くありきたりの言い逃《のが》れにも聞こえたが、周慈の目は澄《す》んでいた。

「感謝いたします。冴紗さまがおいでになり、望外、語る機会をお与えくださいましたこと、――先の騒動、わたくしと妻、ふたりの不徳《ふとく》のいたすところにより、…王政を覆《くつがえ》そうとする一派に、利用されることとあいなりました……」

悔し涙でも湧き起こるのか、殿下はしばし言を止めた。

「どういう…ことでしょう？」

嘘を言っているようには聞こえなかった。冴紗は率直《そっちょく》に尋《たず》ねた。

「利用、というのは…」

「姉上がっ、……妻の姉が、……前王妃でございました！　…仲の良き姉妹でありまして、王妃ご自害を受け、妻はいささか心病《こころや》みまして、……伊諒を産みましたのち……」

滂沱《ぼうだ》の涙を流しながらも、殿下は懸命に言いつのる。

「真名《まな》が、………悪うございました。妻の狂気に拍車《はくしゃ》をかけました。いま思えば、星予見《ほしよみ》に授《さず》けられた真名が、真実起こる未来であるかどうか、だれにもわかりませんのに、……どうか、お察《さっ》しください。姉を亡くした妻には、伊諒の真名は、復讐の道具であったのです。幾人かに洩《も》らしてしまったのです。それを……反王政派に利用されました」

「真名が、どうしたというのですっ？　いったい、どのような真名であったのですっ？」

咳《せ》き込むように、冴紗は問うていた。

なにやら、ひどく胸騒《むなさわ》ぎがしたからだ。

殿下は額を汚い床にこすりつけ、

「お耳汚しになってしまうことは承知しておりますが、…お聞きくださったことを幸いに、申し上げます。清《きよ》らかな虹のお方に知っていただければ、……せめて、…姉のあとを追って自害した、我が妻の、供養《くよう》であると思いますので……」

まるで毒でも吐くように、殿下はひとつの真名を、言った。

「――『次代の王の父』。それが、伊諒の生まれた際、授かった真名でございます」

冴紗は絶句《ぜっく》した。

……そのようなことが……。

では、王は？

我らの羅剛王《らごうおう》は、どうなるのだ？

だが。

星予見のつける名前が、はずれたことなどないのだ。

それでは、……羅剛王は、はかなくおなりか。戦いか、それとも暗殺で……？

冴紗は、這《は》いのぼってくるような寒気《さむけ》に震えた。

……命より大切なあの方を、……わたしは、おそばでお護《まも》りすることさえ許されぬのでしょうか……。

ふと視線に気づく。

伊諒殿下が、おもてを上げ、冴紗を凝視《ぎょうし》していた。

視線が合うと、少年の殿下は恥ずかしそうに目を落とし、父上、目の毒でございますね。

と、横で平伏する周慈殿下にささやいた。

一目拝しただけで、魂を抜かれるような身の震えでございます。ながくお顔を拝するようになれば、わたくしも、王のように狂うてしまうでしょう。

苦笑じみた物言いは、声を落としているにもかかわらず、冴紗の耳にとどいた。

「失礼つかまつる！」

声を荒げ、永均が吠《ほ》えたが、…それは伊諒殿下のささやきごとを聞かせぬためであるのはあきらか。

「冴紗さま、大切な儀式を控えたお身でござるゆえ、早々に神殿にお送り申す」

そう告げると、自失《じしつ》している冴紗を小脇に抱きかかえるようにして、牢をあとにしたのであった。


あれが、以前おっしゃった星予見の予言でございますかっ？

羅剛王《らごうおう》はお亡くなりになってしまわれるのですかっ？

伊諒殿下の真名は、どれほど人々に知られているのですっ？

わたしは、どうすればよいのです……？

飛竜の上、たてつづけの質問に、永均《えいきん》は嘆息《たんそく》したのみであった。

ただしばらくののち、低く、言った。

「わかり申さぬ。先のことは。反王政派は謀反鎮圧《ちんあつ》の際、ことごとく処罰されたとはいえ、…ある程度の噂《うわさ》は、広まってござる。それがしも、あれほどはっきりとした真名であったとは、…いささか驚いており申す」

袖に顔を隠し、泣き崩れそうになっている冴紗《さしゃ》に、永均はあわてた様子でつづけた。

「いや。お泣きくださるな。御世《みよ》は長く栄え、王はご天寿《てんじゅ》まっとうされるよし、それだけは星予見の首《くび》絞《し》めて、吐かせたそうじゃ」

物騒《ぶっそう》な物言いだが、冴紗はほっと胸を撫《な》で下ろした。

「ならば、…ならば、……」

王には、お子はできぬのか。美優良王女《みゆらおうじょ》という方は、王のお子を産んではくださらぬのか。

はっとした。すべてのことがらが、一点に集約《しゅうやく》されていくようで。

「もしや……わたしが……あらゆることの原因なのでは………」

背後の永均は無言であった。

否定も肯定もしない。

絶望感にうちひしがれ、冴紗はつぶやいた。

「………そう、なのですね………。大臣さま方は、…そうお考えなのですね……」

羅剛王のおっしゃった真名が、まことであったなら。『虹に狂う者』と、第一子にそのような真名を授けられた前王の絶望は、いかばかりのものであったか。

黒髪、黒瞳のせいばかりではなかったのだ。いや、前王は羅剛をけっして疎《うと》んではいなかった。『虹』と聞いて、国中の神殿を取り潰しにかかるほど、皇子の未来を憂《うれ》えたのであるから。

そして、王弟殿下のお子の真名。

そちらがある程度知られているのならば、羅剛王の真名も、幾人かの耳には入っているのではないか。いや、聞きおよばずとも、想像に難《かた》くなかったやもしれぬ。前王の行動を見ていれば。

「未来、…変えられるや、いなや……」

天に吟《ぎん》じるように、永均はつぶやく。

「虹がお隠れあそばせば、」

王のもの狂いも、治まるやもしれませぬ。


もの狂い。

いかにも。そう言われても仕方なかろう。

王の、あの錯乱《さくらん》ぶりは。

## VI　儀式

人である終《つい》の晩。
また、黒い獣《けもの》の夢をみた。
冴紗《さしゃ》にはもう、この獣がなにものであるかわかっていた。——これは、羅剛王《らごうおう》なのだ。
獣はいつものように、素早い動きで、冴紗との間を詰める。
鋭《するど》い爪《つめ》が振り下ろされる間、冴紗は嫣然《えんぜん》とほほえんでいた。
「お別れでございます。いとしいお方」
おのれが引き寄せたのか、あのお方が姿を変えて忍んできてくださったのか。
国家の政《まつりごと》の妨《さまた》げになる我が身は、儀式を境《さかい》に、大神殿の奥に消えまする。
もう二度とお目どおり叶《かな》いませぬが、冴紗は、御身の幸せだけを祈っております。
願わくば、お妃となられる方が、玉《たま》の御子をお産みくださいますように。
星予見の視《み》た未来など覆《くつがえ》され、羅剛王の御血筋が末長く栄えますように。

翌朝、身仕度《みじたく》を整えて部屋を出ると、最長老ほか長老たち、そして医師が、扉の外に控えていた。

いつからそうしていたのか。

もしや夜が明けきらぬ前からかもしれないが、

「冴紗《さしゃ》さま、」

最長老は顔面蒼白《そうはく》であった。

言葉の先を察し、冴紗はきっぱりと言い切った。

「いえ。お止めくださいますな」

最長老は困惑《こんわく》した面持ちで首を振った。

「ですが、……伺《うかが》っておりませぬ、私はなにも。今朝《けさ》がた、医師さまの竜が飛んでいらして、はじめて知った次第……」

それは申し訳ないと思っていた。しかし、いままでの成り行きを考えると、最長老は儀式を止める可能性が強かったのだ。

「冴紗さま、王の許可もいただいてはおりませぬ。式服《しきふく》も、即位式の手筈《てはず》も、できてはおりませぬ。いましばらく、お待ちいただけませぬか」

うっすらと、冴紗は唇のはしを上げた。

「待っていても、…その日は訪れませぬ。みなさまもそれはご存じのことでしょう」

みな一様《いちよう》に押し黙る。だれもがわかっていることであった。

「手術を、いたしてしまいましょう。さすれば王とて、」

拒《こば》むことなどできますまい。

それに、本日は佳《よ》き日。王のお心も、お輿入れなさるお方に向いているはずであるから、

——今日をおいてほかにはないのだ。儀式に最適な日は。

「ふいの思いつき、みなさまには、迷惑をおかけいたしますが」

深々と頭を下げ、歩きだすと、背後から最長老の声。

「冴紗さま、ひとつだけ、お聞かせくださいませ。……羅剛王には、こたびのこと、ご連絡なさいましたか」

振り返り、冴紗はほほえんだ。

「ええ。いまごろ、永均《えいきん》騎士団長がお届けくださっているはずです」

美優良王女《みゆらおうじょ》さまのお輿入れが済んだのち、さりげなくお渡しくださいと、冴紗は簡単な祝い文をしたためていた。

修才邏国王羅剛陛下《いざいらこくおうらごうへいか》
ご婚儀《こんぎ》を寿《ことほ》ぎ、お慶《よろこ》び申し上げます。御身に永遠の忠誠を。
聖虹使《せいこうし》　冴紗《さしゃ》

署名《しょめい》には、はじめて『聖虹使《せいこうし》』の名を用《もち》いた。王はすべてを察してくださるはずだ。王の婚儀も、冴紗《さしゃ》の就任も、正式なお披露目《ひろめ》はのちであるが、——本日が、はじまりである。すべての。

「ほんとうに、よろしいのですね？」

神殿内、急拵《きゅうごしら》えの手術室である。

昨日唐突《とうとつ》に呼び出された神殿おかかえの老医師は、おどおどと尋《たず》ねた。

「聖虹使さまご就任の儀式であれば、…本来、儂《わし》のようなおいぼれではなく、最高の医師たちを集めて、道具もお揃《そろ》えし、もっと正式に取り行なうはずですのに……」

心底困ったふうに、医師は言い訳する。

「じつは、儂《わし》もこのような手術ははじめてでございまして、……麻酔《ますい》の薬も使ってはならぬよし、…いやなにせ、最後の儀式は数百年の昔、書もほとんど残されておらぬので……」

手術台といっても、寝台に敷布を掛けただけ。そして医師は、座ってくださいとも寝てくださいとも言わぬ。冴紗が気持ちを変えてくれぬものかと、できるのならば自分ではない他の医師を呼んでもらえぬものかと、…考えは、露骨《ろこつ》に顔に出ている。

記録どおりなら、聖虹使の即位式は、国をあげての大々的《だいだいてき》な祝賀で、手術も神殿内において神官および王侯貴族すべて立ち会いのもと、行なわれるものらしい。

その際、麻酔をかけないということも、冴紗は聞きおよんでいた。

聖虹使《せいこうし》たるもの、痛み程度でおのれを失ってはならぬのだと、手術はその最初の試練《しれん》であると。

むろん冴紗も、泣き言ひとつ吐かず、立派に役目をはたすつもりであった。

医師を安心させるために、ほほえむ。

「ええ。存じておりますゆえ」

執刀《しっとう》するほうが、つらいのであろう。切られる冴紗よりも。

いや、それよりもつらいのは、廊下で待っている長老たちであるのかもしれぬ。

寝台に載ると、医師は困り果てたように首を振った。

「……どうしても、…ご決心は変わりませぬか…？」

返事のかわりに冴紗が服の前を開きはじめると、……老医はため息をついた。

「お慶び、申し上げねばならぬのでしょうが、……儂は、お身さまが神殿にいらしたときより存じておりますので、…できるならば、このお役は辞《じ》したいところでしたが……あまりに唐突のご決心でしたので……」

医師は、冴紗の肌を見つめ、そっと腕のあたりを撫《な》でた。

「これほど、綺麗《きれい》なお身体ですのに、傷をつけねばならぬとは……」

冴紗は苦笑した。

そのようなことを言われたのは、生まれてはじめてであった。

なにしろ、人に裸体《らたい》をさらしたことなどないのだ。冴紗の身体を見るのは、たぶんこの医師が最初で最後であろう。

……いまごろ王宮では、華やかな婚姻《こんいん》の儀《ぎ》がとりおこなわれているはず。

虹の髪の美優良王女《みゆらおうじょ》。

お名前のとおりの方であってほしい。

これからは、その方が、侈才邏《いざいら》の王妃《おうひ》となられ、王とともに国を盛りたてていくのであるから。


しかし。――覚悟を決め、寝台に横になっているというのに、医師はいつまでも執刀をはじめようとしない。ぶつぶつとつぶやきながら、やれあれがないだの、やれあれを忘れただのと、動き回り、あきらかにその刻《とき》を引き伸ばしている様子。

冴紗《さしゃ》は急《せ》かした。

「ひどいお役目を、申し訳ありませぬ。わたしは、大丈夫でございますれば、どうぞ、お気がねなく」

さすがにいつまでも逃げてはいられないとあきらめたか、医師は手術刀《しゅじゅつとう》を持った。

それでも手がぶるぶると震えている。

申し訳ありませぬ、と冴紗はふたたび心中で謝《あやま》った。執刀の際の壮絶《そうぜつ》な痛みも、その
あと、傷が癒《い》えるまでの、死とぎりぎり向き合うほどの苦しみも、すべてわかっている。

歴代《れきだい》でも、数人は手術で命を落としたのだ。だが、それでもかまわなかった。成功しても
しなくても、冴紗にはどちらでも。

と、そのときである。

「いいえ、駄目です！　そちらは……！」

激しく争う声が聞こえた。

「はなせっ！　はなさんとっ、貴様ら全員、斬《き》り捨てるぞっ！」

心《しん》の臓《ぞう》が止まってしまうほどの驚きであった。

……もしや、このお声は……！

「貴様らが集まっているのなら、そこに冴紗が居《お》るのであろうがっ！」

「……いえ、…いえ、そのようなことは……」

長老たちも必死に防《ふせ》いでいるようだが、

「冴紗に傷ひとつでもつけおったら、神殿ごと神官全員に火をかけてやるからなっ！　ど
けっ！」

叩き壊されたかと危《あや》ぶむほどの音とともに、扉が開け放たれた。

とっさに、医師が手近《てぢか》な布で冴紗の身体を覆い隠す。

「今は手術中でございます！　お入りになっては困ります！」

「どけ！　医師であっても、斬るぞっ！」

王は荒い息のまま冴紗に近寄ってくると、乱暴に布を剥《は》いだ。

「あっ」

王の目の前に、生まれたままの姿の冴紗が曝《さら》け出される。

冴紗は驚きと羞恥《しゅうち》のために青ざめた。

「……なにを、なさいます…！」

布を取り返そうとしたのだが、手を伸ばせば羞恥の箇所《かしょ》があらわになってしまう。冴紗は膝を閉じ、腕でおのれを抱くようにして懸命に身を隠した。

「…………まにあったの、だな」

だが、王の口からもれたのは、安堵のため息と、その言葉であった。

「寿命《じゅみょう》が縮まったぞ、冴紗……」

医師の前ではなにということもなく裸体をさらしたのに、王の前で全裸である、と思うだけで、全身が火にくるまれたような恥ずかしさだ。

「……どうぞ……どうぞ、…お外へ、王、……申し訳ありませぬが、」

たえられぬ。そのうえ王の視線は、冴紗の脚の付け根《つね》に止まっているのである。たえられるわけがない。

王は無言であった。

つかつかと寝台に歩み寄ると、

「なにをなさいますっ」

狼狽する医師を無視して、敷布で冴紗を包み込む。

「こいつは貰《もら》っていく」

両手両足ごとくるまれてしまったので、あらがうことすらできぬ。王は冴紗を軽々と肩に担《かつ》いだ。

「道をあけろ。神官ども」

開け放った扉のむこう、王は低く凄《すご》む。

止める声は、……ひとつもあがらなかった。

狼狽しきっていたのか、それとも本心では手術を止めたかったのか。

冴紗ひとりが、唖然《あぜん》としたまま、王の背に揺られていた。


飛竜。

王の飛竜である。国内随一の速さである。

気づいたときには上空、もはや逃げることもかなわぬ。

「……王……」

「許さぬからな、冴紗《さしゃ》」

怒りを含んだ声で、王は言った。

「ふざけたまねをしおってっ」

敷布をほどいて、せめて手だけでも出そうとしたが、王にきつく、

「動くなっ！　おまえは、俺からのがれるためなら、竜の背からでも飛び降りかねんからな！」

冴紗は首を振った。

「いえ、いえ、そのような……」

なにゆえそこまでお怒りなのか。

それに、王女のお輿入れはどうなったのだ…？

飛竜の手綱を片手で操《あやつ》りながら、王はふいに、冴紗を抱き寄せ、激しくくちづけてきた。

「………ん……」

身がふるえる。王の激しさに。

「逃げられると……思うておったのか、おまえは……」

暗い、怒り。

雲が飛ぶ。向かいあわせに抱かれているので、背後から前方に向かって。それが恐ろしい。つねの速さではないのだ。王はどれほどの勢いで竜を駆《か》っているのか。

茫然《ぼうぜん》とつぶやいていた。

「……永均《えいきん》さまが……」

冴紗は、王女さまお輿入れが済んだのち、さりげなく、と手紙を渡したはずだ。どこかで行き違いがあったのか。

「永均…？　おまえは忘れておるのか。あやつは俺の家臣《かしん》だぞ」

では、約束をたがえたのか、と思ったが、そうではなかったらしい。

「あやつの素振《そぶ》りがおかしなことくらい、俺が気づかぬと思うてか！」

まさか首でもお斬りになったのでは、…と瞬時《しゅんじ》冴紗は怯えたが、

「やつのしでかしたこと、許しがたいが、今度ばかりは許してやる。おまえからの手紙を早々に差し出したのだからな」

冴紗は王の目を見ていられなくなり、視線をそらした。

救いだしてほしかったのか。反対に、捨てておいてもらいたかったのか。

「…………王女さまは、……どうなされたのです。王であるあなたが、」

「知らぬ！」

王は吠《ほ》えた。

「話をそらせるなっ。おまえは、……なにゆえ、俺を待っていなかったっ!? 俺は、次には攫《さら》いに来ると、そう告げたであろうに！」

冴紗も言葉を返した。

「攫いに来るなどとおっしゃって、……そのようなこと、許されると、まこと思うておられますか！」

「許す…？ だれの許しが必要だ！ 俺が攫うと言うておるっ！」

冴紗は唇をきつく噛んだ。

責めてしまいたい。だが、嬉しさに、あふれる涙をこらえきれぬ。

「……わたしの心、察してはくださいませぬか！」

「察せよと…？」

王の怒りは凄《すさ》まじい。

飛ぶ雲の勢いが早まったことでも、わかる。

「俺からのがれようとする心など、知りたくもないわ！」

「……のがれたいわけでは…」

「ならば、なんだっ？ おまえのしていることは、俺からのがれられるのであったら、この身体を切り刻まれてもよい、神殿の奥から一生出られなんでもよい、…そのような、」

王は怒鳴りすぎて息を切らしたのか、肩を大きく上下させている。

「ですが、…ですが、…わたしは、みなのよいように…」

「みななど知らぬと、俺はさんざん言うたであろうに！」

冴紗は心中で反論《はんろん》した。

……わたしとて、…あなたとふたり、だれもいらっしゃらぬ場所で暮らしとうございます。ですが、そのような場所、この世のどこにもございますまい。

苦しげな表情で王は吐き捨てた。

「神官どもにくれてやるくらいなら、もっと早《はよ》うに、こうしてかっ攫《さら》っておればよかった。おまえが泣く、おまえの立場が悪《わる》うなると、精一杯こらえておったざまが、これか」

ふん、と鼻息も荒く笑い、

「どうせ手に入らぬものなら、……もう、心など欲しがらぬ。…だれにもやらぬ。足枷《あしかせ》つけて、閉じこめてやる」

眼前が暗くなるような思いにうちひしがれている間に、竜は王宮にたどり着いた。

王は冴紗《さしゃ》を敷布にくるんだまま、肩担ぎで歩いていく。

「羅剛王《らごうおう》、そのお方は…！」

敷布から長く垂《た》れる虹の髪。

警備の者たちがあわてて近寄ってくる。

荒れ狂う王は、だれであっても蹴倒《けたお》しかねぬ勢いで、咆哮《ほうこう》した。

「見るなっ！　見たら、貴様ら全員打ち首だぞっ！」

揺られる。冴紗は速い竜の背のあと、そのような状態で運ばれ、言葉も出ぬほどの眩暈《めまい》に襲《おそ》われていた。

「王！」

「王さまっ、…どうなさったのですっ？」

「そのお方は、…大神殿の冴紗さまではございませぬか！」

道々《みちみち》あまたの声が掛かる。

廊下を突き進む王を、懸命に止めようとしているようだが、

「うるさいっ！　近寄るなっ！」

王はひとつの部屋に入ると、扉に鍵をかけ、そして担いでいた冴紗を寝台の上に横たえた。

ようやく身体の揺れが治まり、眩暈をおさえようと眉間《みけん》を押さえていると、――強い視線を感じた。

「……王……」

冴紗は身体をきつく戒《いまし》めていた敷布を、身をよじってわずかだけ緩《ゆる》めた。

王は怒りもあらわに、冴紗を見下ろしている。

「王、」

寝台から下りようと、あわてて戒めをほどきかけ、冴紗はおのれのすがたに気づいた。

さきほどの手術のまま、あの敷布を身体に巻いただけのすがたであった。

嘲笑《あざわら》うかのような王の声が降ってくる。

「逃げられぬぞ、その格好《かっこう》ではな」

冴紗は羞恥《しゅうち》にふるえあがった。

思わず敷布のはしを掴《つか》み、身の露出《ろしゅつ》を最低限に抑《おさ》えようと腕に抱きこんだ。

王は唇のはしだけ上げ、薄《うす》く笑った。

「無駄だ」

意地悪く王は言う。

「おまえの肌などは、もう、さきほど見てしまった」

身体が燃え上がってしまいそうな恥辱《ちじょく》に、冴紗は涙をこらえながら言いつのった。

「……なにゆえ、このようなご無体《むたい》を……！」

たたみかけるような応えが返ってくる。

「わからぬのか。おまえには」

「わかりませぬ！」

どれほどの覚悟をもってして、冴紗が聖虹使《せいこうし》儀式に臨《のぞ》んだのか。逃げようと思ったことなど一度たりともない、心より王の幸せだけを望んでいるというのに。

「わかりませぬ！　わたしには、あなたがわかりませぬ！」

冴紗の、我を忘れて叫ぶすがたを見て、王は傲然《ごうぜん》と言い放った。

「なら、わからせてやる」


ぎし、と音をたてて寝台に膝をついた王。避《よ》けようとして、冴紗《さしゃ》は思わず身体を引いた。

が、その動きが、敷布の鎧《よろい》を緩めることになってしまった。

「……あっ」

気がついたときにはすでに遅く、敷布のはしは王の手に握られていた。

「おやめください」

次に起こることを予想して、冴紗の声は震えた。

だが、王の手は、情《なさ》け容赦《ようしゃ》なく敷布を引き裂いていた。

「……ああ……」

絶望の声が、布の裂ける音と重なる。

王の前で裸身《らしん》がさらされる。愛《いと》しいお方の、目の前で。

「美しいの」

王はうっとりとつぶやいた。

「……虹、……おまえは、髪や睫《まつげ》だけではのうて、飾り毛まで虹色なのだな。光を弾いて、なに色にも見える……まこと、全身が光り輝くようだの」

冴紗は卒倒《そっとう》しそうであった。

「ご覧に、なってはいけませぬ！　王のっ、あなたさまのご覧になるようなものではございませぬ、わたしは！　お目が穢《けが》れてしまいます！」

ふん、と王は鼻で笑って間を詰めてきた。

「ものはいいようだな」

あとずさろうとしたが、なんと冴紗の髪を王はむんずと掴《つか》んだのだ。

寝台の上、虹の映《うつ》った湖のように、光を放ちながら広がっていた長い髪は、容易《ようい》に掴み取られてしまった。

「……お、…おゆるしを」

冴紗は、おびえ、身をすくませた。

王の瞳にさらされた恥ずかしさに我を忘れていた。

「許せ？」

王の顔に怒りが浮かんだ。

「次はこらえきれぬと、…俺は言うたぞ？　おまえにこれだけ焦《こ》がれている男を前にして、……ようも毎回、惨《むご》いことが言えたものだな」

「ですがっ、ですが、わたしは、」

なぜ王を怒らせてしまうのか、冴紗にはわからぬ。

「ようやく」

王は手のなかの髪にくちづけた。

「俺は、虹を掴むことができた」

王はつねに傲慢《ごうまん》で恐ろしい方であったが、…なぜかいまは、胸が騒《さわ》ぐような奇妙な心地であった。

動悸《どうき》が治まらぬ。駆《か》けたあとのように、速い。

「男のものになるという意味を、…知ったか、冴紗？　…怯えておる」

不思議な口調で、王は言った。

「男だと、……ようやく認めてくれたか…？　俺も、ただの、おまえに焦がれるひとりの男であると、…王などというのは、ただ冠《かんむり》が載っているかどうか、の話、俺の心は、……おまえと逢ったあの瞬間から、囚《とら》われ人《びと》だ」

わたし、…もでございます。

冴紗は声に出さずにつぶやいた。

美しい織物も、玉《ぎょく》も官位《かんい》も、なにもいりませぬ。ただ、御身のお役に立つことだけが、冴紗の望みでございました。

ふいに、涙があふれてきた。

「おまえは、涙さえ虹の色だな。…どの宝玉《ほうぎょく》にもまさる」

王は冴紗の瞼《まぶた》にくちづけた。流れる涙を、舌先ですくい取る。

「……苦しいのだ、冴紗」

抱きすくめ、王は耳元で言葉を吐いた。

「俺は、…おのれがなにをしようとしているか、わかっておる。おまえがわからずとも、……おまえを穢すことだと知っておるのに、…こらえられぬ。おまえを我がものにするまでは、……俺は眠ることすらままならぬ」

戸惑いの瞳で、冴紗は王を見つめた。

「わたしは、あなたさまのものでございます。それは幾度《いくど》も申し上げました」

おずおずと、みずから手を伸ばし、冴紗は王の手に触れた。

びく、っと王は一瞬身動《みじろ》いだ。

「お教えくださいませ。冴紗は知りとうございます。あなたさまのものになるということが、どういうことなのか。わたしこそ、天地神明にかけて、御身のことしか想うておりませぬ」

奇妙に悲しげな表情で、王は笑った。

俺のつらさは、他の男ならばだれでもわかるはずであるがな、と。

王は、外套《がいとう》をはずした。

お手伝いいたしましょう、と手を伸ばしかけ、冴紗《さしゃ》はおのれの姿にまたもや気づく。

「……なにか、羽織《はお》るものを、お貸しいただけないでしょうか。このままでは……」

王は薄く笑って首を振るのみ。

黙々《もくもく》と、服を脱いでゆく。

上着《うわぎ》を脱ぎ、隆々《りゅうりゅう》とした上半身があらわれ、――そこまでは見惚《みほ》れていた冴紗であったが、王の手が下におよんだときに、狼狽《ろうばい》の声をあげた。

「王っ！　いえ、…」

なにをなさっているのか。ここは湯殿《ゆどの》でも、王のご寝室でもない。…いや寝室ではあるようだが、寝台に冴紗がいるのだ。このような場所で、王たるお方が肌をあらわになさるべきではない。

「申し訳、ありませぬっ、わたしは、…いえ、わたしが居《お》りますので、…どこぞに行けとおっしゃるようでしたら、どうぞ、室外《しつがい》に出られるように、羽織りものを……」

目のやり場に困り、冴紗はあらぬ方向を見ながら、どうにかそれだけ言った。

おのれの裸身を見せてしまう恥ずかしさよりも、王の裸身を見てしまうほうが、冴紗には畏《おそ》れ多く恥ずかしいことであった。

だが、視線をはずしていても、視界《しかい》のはしに、王の逞《たくま》しいおみ足が映ってしまう。

冴紗とは違う赤銅色《しゃくどういろ》の肌。

筋肉のすじさえ見てとれる、見事な脛《はぎ》。

見てはいけないものを見ていると、冴紗は動揺し、

「王！　そのようなことをなさらずとも、お言葉で教えてくだされば、…わたしはすぐに部屋から辞《じ》しますのでっ」

寝台のはしに、王は腰掛けた。

手を伸ばし、冴紗の顎を自分のほうに向け、――すっと、くちづけてきた。

一度だけくちづけて、咽喉《のど》の奥でちいさく笑う。

「いとしゅうて、…ならぬ。おまえの無垢《むく》も、羞恥も、…男の身体を見るのは、はじめてか、冴紗」

眉根《まゆね》を寄せ、冴紗は湧き起こる感情にたえた。

王の身体から、あの夢の獣《けもの》とおなじ匂いを感じて。

「怖いか」

怖くないとは、…正直、言わぬ。しかし、それを上回《うわまわ》る胸の動悸《どうき》のほうが、冴紗には恐ろしかった。

しばらく、言葉もなく、王は冴紗を見つめた。

「俺の」

ぽつりと、つぶやく。

「邪《よこしま》な欲望を、……俺は、隠すのに、心底苦労したぞ。おまえが虹の容姿など有しておらなんだら、まわりがあれだけ目を光らせておらなんだら、翌月には、おまえは清童《せいどう》ではなくなっておったろうな」

する、と手を伸べ、王はその腕に冴紗をかきいだく。

王の肌のあまりの熱さに、冴紗はおののいた。

「お熱うございますが、…お風邪でも召されたのでは…？」

目を細め、王は冴紗を見る。

「いや。熱くなるのだ。おまえを見るとな。ここが、もっとも」

冴紗の手を取り、王はある場所にその手を持っていった。

ぎく、と冴紗は震えた。

じっさいに熱かった。燃え立つほどに。だが、おそるおそるその場所に目をやり、冴紗は悲鳴をあげた。

「なにをっ、王、いけませぬっ、その場所はっ…」

おのれの手が触れていた場所が、王のもっとも大切な場所だとわかり、冴紗は反射的に手を引こうとしたのだが、腕をきつく掴《つか》んだ王は、それを許さなかった。

「どうだ？　熱いであろう？　俺はこの熱さに、もう十年間も苦しんでおったのだぞ」

怯えて、冴紗は懸命に首を振った。

冴紗だとて、そこが熱くなるときはあった。どうしてよいのかわからぬときは、神殿の泉に身を浸《ひた》し、ひたすら祈ったものであった。

「……お、手を……」

震える声で、冴紗は哀願《あいがん》した。おゆるしください、気高《けだか》きお方に、もうこれ以上触れていることなどできませぬ、と。

「本来、おまえのほうが俺より高位であろうに。おまえの謙虚《けんきょ》は、永遠に治《なお》らぬ病《やまい》のようだな」

笑いながら、王は手を伸ばし、

「あ……」

驚きのあまり、冴紗は声さえまともにあげられぬ。王の手は、冴紗の脚の付け根に！

必死で身を反《そ》らし、手からのがれようとしたが、王の手にさわられている下半身が動かぬ。よって、倒れるような格好になってしまった。

「……あ……あ………あ………」

凄まじい羞恥と、蕩《とろ》けてしまいそうな感覚に、冴紗は茫然とした。

のしかかってくる。王が。

「慰《なぐさ》める方法も、だれも教えなんだのか」

くっ、と咽喉《のど》で笑う。

「よほど神聖視《しんせいし》しておったのか、互いに見張り合うて、近寄れなんだのか、——俺としては僥倖《ぎょうこう》だが、…哀《あわ》れよの。おまえ、何人狂わせた？　夜ごと熱さでのたうちまわったのは、俺だけではあるまいに」

意味がわからぬ。だが、身を揉《も》むほどの感覚に、冴紗はうろたえた。

「……王っ……お手が穢れまするっ、…どうぞ……」

冴紗の混乱ぶりを、王はなぜだかひどく満足そうに見やる。

「出たことは、あるか…？　それはあるであろう？　ここから、白いものだ」

冴紗は王の胸を押し返していた。

「おゆるしを……王よ、おゆるしくださいませ……」

すでに泣きながら、冴紗は許しを乞《こ》うていた。

たえられぬ。黒い獣の比ではない。王の手のもたらす快感は。

「どのような、お咎《とが》めでもお受けいたしますゆえっ、…どうぞ、お手をお離しくださいっ、…お手に、……お手に………」

あえぎつつ、必死に願うと、笑いを含《ふく》んだ答え、

「ならば、手ではなく、他の場所で受けてやろう」

視界から王が消えた。と、次の瞬間、

「あー…っ…」

おそろしゅうて、目が開けられぬ。

羞恥の器官《きかん》から、痺《しび》れるような甘《あま》やかさ。…そして、そのあたりで、漆黒《しっこく》の、髪。

……ひ……っ……。

吸われる。

このような悦《えつ》は知らぬ。神経が焼き切れてしまいそうだ。

どくん、どくん、と心の臓が激しく打っている。それが耳を聾《ろう》さんばかりに聞こえる。

だが、恥《はじ》の場所が、さらに脈打っている。濡れた感触がなににによってもたらされているものなのか、…………考えるだに恐ろしい。

「……………あ……あ……」

身体が浮遊《ふゆう》する。飛竜に騎《の》っているときより、高く、高く。

髪を撫《な》でる手。

いとしげに、やさしく。

冴紗《さしゃ》に寄り添うように、王は横になっていた。

「言葉も出ぬほどか」

涙を流す冴紗に、王はせつない笑みを見せた。

「そばにおったら、ときをかけ、慣らしてやれたのだがな。おまえが怯えぬようになるまで、俺も待てたやもしれぬが、……ゆるせ冴紗。もう待てんのだ」

ゆるせ、と。言ったあと、王の手はふたたび下方にむかった。

また恥ずかしい場所をなぶられるのかと、冴紗は身じろぎしたが、――手はなにやら背後にまわっていた。

「……王…………あ…………」

愕然《がくぜん》として、冴紗は感覚だけで、王の指先を探《さぐ》った。

もしや……王の手が触れている場所は……。

「いやぁ、…やっ、…おやめ、くださ…やあぁ……っ……!」

暴れ、冴紗は死に物狂いで王の手からのがれようとした。王の手が触れ、弄《まさぐ》った、身体でもっとも忌《い》むべき場所、おのれではさわったことすらない、恥ずかしさからではなく、穢らわしい場所として、であるのに王は、ためらうこともなくその場所を弄ったのだ。

「いやっ、…お気でも違われたのですかっ、王っ、…そこはっ、…その場所は……!」

いましがた、白いものを飲まれてしまっただけでも、冴紗にとってはたえがたいつらさであったのに、いったい王はどうされてしまったのか。

「冴紗っ!」

ひとこえ高く恫喝《どうかつ》すると、王はきつい目で命じた。

「動くでない！　怪我をする！」

身体はまだ逃げをうっていたが、精神は即座に応《おう》じた。王の命である。従わぬわけにはいかぬ。

だが、ぶるぶると小刻《こきざ》みに震える身体と、あふれる涙は止めようがない。

後方に、なにかが入ってくる。

全身が痙攣《けいれん》を起こしているようだ。

「力を、抜け」

かすれた熱い声で、王が命じる。

できませぬ、と冴紗はぎゅっと瞼《まぶた》を閉じることで、懸命に伝えようとした。

王もつらそうな瞳をしている。

「さきほど、清童であったのが僥倖《ぎょうこう》である、と…俺はそういうことを言うたが、…おまえをこれほど苦しめるなら、わずかばかりでも、だれぞ、男の欲《よく》とゆうを教えてやってくれてほしかったと、……いまはそう思うておる」

冴紗は首を振る。王はなにをなさっているのだ。

「痛いか？　苦しいか、冴紗…？　だが、ここが俺たちを繋《つな》げる場所なのだ」

身体の自由さえきかぬ。

……これは夢であると、どなたか言うてくださいませ……。

いとしいお方の指が、穢れてしまう。

痛いのではない。苦しいのではない。ただつらいのだ。

「それとも、…拒《こば》みたいのか冴紗……？」

動かぬ唇を懸命に動かし、それには反論した。

「……いいえ、…いい、え……」

ゆるせ。

王の唇が動く。

王がのしかかってくる。

冴紗の両の脚を押し拡げるようにして、その間に。

熱い、ひどく熱い、そして大きい……。

すべてを察した瞬間、

「…………あ……あ……いや………いやっ、…いやですっ、…だめっ、…いけませぬっ、王っ……それは、……いけませぬーっー！」

絶叫《ぜっきょう》をあげて、冴紗はのたうった。

胸を突き、突き刺さりかけた楔《くさび》をなんとか抜いていただこうと、叫びつづけた。

「王っ、羅剛王《らごうおう》、……おやめくださいましっ、…わたしなどに、そのようなことをなさってはいけませぬっ！」

王のお身体もお心も、お妃《きさき》さまのもの。

わたしはなんと恐ろしいことを。

王のお言葉に酔《よ》い、与えてくださる快《かい》に酔い、本来身を引かねばならぬところを、流されてしまった。

しかし王は聞いてはくださらぬ。

逃げられぬように冴紗の細腰を両の手でがっしと押さえ、さらに腰を押し進めてくる。

「………い…っ……」

冴紗は激痛に悶《もだ》えた。

考えることすらおぞましい場所に、王の尊いものが。

腹を突き破られそうだ。

「…………ゆるせ、冴紗。…だが、これでおまえは、俺のものだ」

落ちてくるのは？

王の涙か。

王は、泣いていらっしゃるのか…？

「冴紗……さしゃ……ゆるせ……。おまえを地上に引き堕《お》ろす俺を……もし天帝とやらがおるのなら、…かならず、俺ひとりが咎《とが》を負《お》うゆえ、……ゆるしてくれ」

冴紗を責めさいなむのではなく、雄芯《ゆうしん》のみを納《おさ》め、王は幾度も冴紗に詫《わ》びた。

なのに、その尊いものが、脈打《みゃくう》っているのがわかる。

ようやくついの鞘《さや》を見つけ、歓喜《かんき》している刀のように。

「俺は、…天帝よりも世のつねよりも、おまえに疎《うと》まれることのみが、おそろしい。頼む、ひとことでよい。ゆるすと、……その口で言うてくれ」

だが、冴紗《さしゃ》の唇は震えたまま、なにも紡《つむ》いではくれなかった。

王の言葉に対する驚愕《きょうがく》と、身体に、熱いものを注ぎこまれる感覚で、茫然自失《ぼうぜんじしつ》となっていたゆえ……。

## Ⅶ　王宮

あたたかい、ものであった。

冴紗《さしゃ》は、このようなものは知らなかった。

いや、……知っていたやもしれぬ。昔、……そう、遠《とお》の昔、まだ子供であったころ、自分はこういうものにくるまれて眠っていた。

あたたかく、やさしく、すべてを包みこんでくれるような、心地よい……。

「目覚《めざ》めたか」

甘い声であった。

「……は……い」

冴紗は無意識に返事をしていた。

「よく寝ていた。…寝息を聞いて安堵《あんど》したぞ。殺してしまうたかと思うたのでな」

声は、慈《いつく》しむような色合い。

それは、冴紗をくるんでいるあたたかいものの出す声のようであった。

だが、昔自分がくるまれていたものは、女性の声ではなかったか。

唐突に我に還《かえ》り、冴紗は瞼《まぶた》を押し上げた。

……ここは……？　わたしはいったい……？

まず、瞳に飛び込んできたのは、黒。

乱れる、髪の、漆黒《しっこく》だ。

「……王……っ!?」

王は苦笑まじりに言った。

「俺は、眠れなんだ。ようやくおまえを腕にできて、…寝てしもうたら、目覚めたときに、また夢であったと落胆《らくたん》しそうでな。あれはひどい苦痛であるゆえ、な」

腕に抱き寄せ、王はささやくように、

「なんぞ、言うてくれ、さしゃ。声を聞かせてくれ。こうして抱いていても、まだ夢のなかのようでの」

「…………王…………」

「いや、羅剛《らごう》、だ。もう一度言うてみい。昔のように、そう呼べ」

促《うなが》されるまま、冴紗は呼んだ。

「……ら、ごう……？」

泣いているような笑い顔。

「夢ではないな？　正真正銘《しょうしんしょうめい》」

あまりにせつない表情に、冴紗もせつなさがつのる。

「はい、…夢などではございませぬ」

王はかたく目をつぶった。

「いつも思うておった。天界の楽《がく》の音《ね》でも、おまえの声ほど麗《うるわ》しゅうはなかろう、とな」

熱いものがこみあげてきた。

……いいえ、いいえ！　わたしこそ！

あなたのお声より、張りのある凛々《りり》しい音など、きっと天にも存在しないと、そう思うておりました。

「また泣くか、さしゃ。…ゆうべも泣かせてしもうた。……つらかったか」

返事が言葉にならぬ。王のお優しさが心に刺《さ》さる。

しかし、そのときである。

「王っ！　羅剛王よっ！　永均《えいきん》でござるっ！　それがし、打ち首覚悟で申し上げる！　ここをお開けくだされっ！」

突然の錆声《さびごえ》に、冴紗のみならず、王までがびくっと身を強《こわ》ばらせた。

声はむろん、扉の外からである。

ふっ、と王は鼻で嗤《わら》った。

「早いのう。隣国まで届けものにやったのに、もう戻ってきたか」

目を瞠《みは》る冴紗に、

「俺に直接文句《もんく》を言えるような剛気《ごうき》な男は、あやつしかおらぬからの」

寝台に身を起こし、今度はおかしそうに呵呵大笑《かかたいしょう》をはじめた。

「案ずるな。ゆうべも言うたであろうに。咎《とが》なら、俺がすべて受けるとな」

立ちあがり、衣服を身につけはじめた王の、袖《そで》を思わず掴《つか》んでいた。

「王！」

冴紗に落とす視線は、あくまでやわらかい。

「どうした。俺の身を案じてくれるのか。それとも、一瞬たりとて離れていとうはないと、そう甘えてくれるのか？」

すこし笑いを含んだ言葉。

反射的に冴紗は手を離していた。

ふふ、と王は笑う。

「冗談だ。おまえがそのようなこと言うてくれるはずがないことくらい、俺もようわかっておるわ」

困って、うつむくと、内腿《うちもも》を伝うものが目に飛び込んできた。

「あ…っ」

赤の混じる、白。

冴紗は昨夜の乱れを思いだし、恥ずかしさにうち震えた。

「……血まで流させてしもうたか」

王はつぶやき、床にひざまずいた。

驚く冴紗の、腿《もも》に唇を寄せる。

「無理強《むりじ》いをした。薬湯《やくとう》をもたせるゆえ、今日はゆるりとしておれ。…いや、これからはずっと、気楽に過ごすがよい。おまえは、俺のそばに居るだけでよいのだ」

それだけ言い置き、素早く衣服をつけ終わると、王は大股《おおまた》で扉まで歩んで行った。

冴紗は寝台に唯一残された王の外套《がいとう》を胸に抱き締め、ちいさく震えていた。

「――なにが言いたい、永均」

扉を開けしな、王は低く咎める。

瞬時、扉の隙間《すきま》から永均の強《こわ》ばった顔が見えた。そして背後に、王宮仕えの者たちが、あまた。

「畏《おそ》れながら、……」

永均らしからぬ、絶句《ぜっく》である。

王は笑っているようであった。

「攫《さろ》うてきた。冴紗を。貴様にも、わかっておろう。宰相《さいしょう》ども、…腰抜けのあやつらが、俺を恐れて、おまえだけに痛い役を押しつけてもな、――わかっておって、昨日、俺の命を受けたであろうに」

永均は言葉もなく頭を下げている様子。

王は、冴紗に語りかけたとおなじほど凪《な》いだ声で、

「のう、永均。俺はおまえのこと、我が父よりも父だと思うておる。おまえも長く俺の狂いざま見てきて、…止められると思うたか？　たとえ俺の首刎《は》ねても、俺は首だけでも冴紗のもとへと飛んでいくぞ？」

苦渋《くじゅう》に満ちた声が、「………御意《ぎょい》」、と応《こた》える。

「冴紗を、花の宮へ運ぶ。昔どおり、あの場所で暮らさせる」

王は静かに断《だん》じ、扉を閉めた。


以前王が冴紗《さしゃ》のために建てさせた別棟《べつむね》は、王宮の南に位置する。『花の宮』と呼ばれるほど、麗《うるわ》しい棟《とう》である。

宮殿が比較的質実剛健《しつじつごうけん》に建てられているのとは対照的に、優美で繊細《せんさい》な白亜《はくあ》の棟《とう》、庭には桃源郷《とうげんきょう》と見紛《みまが》うばかりの、花、花、花。

門前には女官《じょかん》たちが控えていた。

「冴紗さま、おひさしゅうございます」

「ふたたびお迎えできましたこと、私どもたいへん喜んでおります」

二十名ほど。懐かしい顔ばかりである。王に背中を押されながら、冴紗は微笑《びしょう》した。

「わたしも、……ふたたびこの美しい宮に来られるとは、思うておりませんでした」

変わっておらぬ。

四年前、涙をこらえながら神殿行きの支度《したく》を整えた、――あの日のまま、宮ごと眠っていたかのように。

王は冴紗の肩を抱き、女官長に命じた。

「冴紗は疲れておる。部屋へ通して休ませい。それから、かるい食事……ああ、」

冴紗のほうに問いかけるように視線を落としたので、察し、答えた。

「はい。かまいませぬ。もう仮面もつけてはおりませせぬゆえ」

聖虹使《せいこうし》の決まりごとに縛られている必要などないのだ。すでに自分は聖虹使たる資格を失《しっ》しているのであるから。

うつむき、人々に見られぬように袖口《そでぐち》で隠し、冴紗はわずかばかり唇を噛んだ。

王の閨《ねや》での言葉が戯《たわむ》れでないのなら、もっと早うに奪ってほしかった。冴紗は知らなかったのだ。清童というのは、女性と交《まじ》わらぬことのみをさすのだと思うていた。

……王のものにしていただくことができるなら。

これこそが、自分の望みであったのに。清い身でなければ、神殿には入れぬ。ならば、騎士団にも入団を許されたかもしれぬのに。

「冴紗、――離れとうはないのだが、…宰相や重臣たちが、がん首揃《そろ》えて俺を責めるために集まっているようでの。…執務《しつむ》もとどこおっておるゆえ、…夜まで空《あ》ける。ここから一歩も出るでないぞ？　かならず夜には戻るゆえ……」

せつなそうにそこまで言うと、王はたえかねたように冴紗をかきいだき、熱く唇を契《ちぎ》った。

女官たちの居る前、冴紗は狼狽《ろうばい》したが、王は悪怯《わるび》れた様子もなく笑った。

「だれも驚きはせぬ。嘘だと思うたら、見てみい。…おまえだけだ、冴紗。俺の恋狂《こいぐる》いをわかっておらぬのは」

王の背を見送ると、女官たちは、くすくすと笑った。

「本当にようございました。ささ、こちらへ」

「王もこれでようやくお心やすらかに、ご政務《せいむ》に精《せい》を出すことができましょう」

さざめきながら、女官たちは冴紗《さしゃ》を取り囲むようにして、回廊《かいろう》を進む。

「まことに。一時《いちじ》はどうなることかと」

「大神殿のじじいどもには申し訳ありませぬが、やはり冴紗さまは花の宮にいらしてこそ」

王の口振りを真似《まね》てか、若い女官が茶化《ちゃか》したことを言う。

即座《そくざ》に湧き起こる笑い。

不謹慎《ふきんしん》だとは思いつつ、冴紗も顔をほころばせてしまった。

昔から花の宮には女官しかおらず、なぜだか警備《けいび》までが女武官であったため、ひじょうにかしましい宮であった。

だが、この気さくな雰囲気《ふんいき》が、冴紗は好きであった。

以前使っていた部屋の前まで来て、声をあげてしまった。

「ここは、…まったく変わってはいないのですね」

またもや、くすくすと笑い合う女官たち。

「では、――冴紗さま、あたくし、憶《おぼ》えておられます?」

ひとりがおのれを指し、尋ねたので、しばし考え、

「ええ。たしか衣装係の……」

「はい」

多少ふくよかになった衣装係は、にこやかに笑った。

冴紗は、ふと思った。

「……ですが、たしかわたしが神殿にあがる前に、故郷に帰られたのでは……」

彼女は、苦笑した。

「ああ、娘が結婚しましたのでね。あたくしも一緒に暮らすはずだったんでございます。ですがね、……呼び戻されたんですよ」

「王にですか？」

「ええ。冴紗さまが神殿にあがられてから、すぐのことでした。……お気づきになられました？　いま、この花の宮にいるのは、昔冴紗さまがいらしたころと、まったくおなじ者たちなんでございますよ」

そういえば、そうであった。

言われるまで、不思議とも思わなかったが。四年も経《た》っていて、女官がひとりも変わっていないなどということは、あろうはずがない。

「王さまは、新しい者を嫌うんですよ。冴紗さまがいたことを知らぬ者などいらぬ、とおっしゃって」

冴紗は戸惑《とまど》った。

あのころが楽しかったのは、冴紗もいっしょであるが、それでも王がそのようなことをおっしゃるとは……。

女官たちは先を争って説明する。

「冴紗さまのお部屋も、花瓶《かびん》ひとつ、置き換えてはおりませんわ。あのころのままでございますよ」

冴紗は、ますます混乱した。

本来ならば神殿にあがれば、もう二度と出られぬはずであった。そのような自分の部屋など、王はなにゆえ宮に残しておいたのか。

考え込む冴紗の前で、女官たちは話し合っている。

まことお美しくなられて。

花の宮も、主《ぬし》さまのお戻りでふたたび明るくなりますする。

これでようやく、羅剛《らごう》さまも以前のような立派な王に戻ってくださいましょう。

女官たちが下がり、扉を閉めても、花の宮そこかしこからさざめくような笑い声が聞こえてきた。

「ほんとうに、昔のまま」

冴紗《さしゃ》はだれの目もない安心に、破顔《はがん》した。

昔も女たちは、鈴《すず》が転がるような声でよく笑い、ときおり歌など口ずさみながら仕事をしていた。

部屋をめぐり、調度《ちょうど》のひとつひとつに挨拶《あいさつ》をするように、冴紗は撫《な》でてまわった。

神殿の質素な部屋とはまるで違う、華やかで贅《ぜい》を極めた品々。

けしてあの清貧《せいひん》の神殿暮らしを疎《うと》んでいたわけではないが、…ただあの場所には、『羅《ら》剛王《ごうおう》』がいらっしゃらなかった。この場所も、王がおこしでなければ、寒々《さむざむ》しい、死んだような宮であろう。

「……王……」

声に出して呼んでみると、胸が軋《きし》む。

唐突に、現実に還《かえ》る。自分は、このように笑うている場合ではないのだ。

人々を、民を裏切ってしまった。

自分などを『聖虹使《せいこうし》』にと望んでくださっていた方々《かたがた》すべてを、いままでのご苦労すべてを、無《む》にしてしまった。

痛みに襲われたが、人間としての冴紗自身は、このまま斬《き》り殺されてもかまわぬほど、幸せのただなかにいる。

……罪深いことを……。

これは、わたしが望んだこと。

わたしは拒みはしなかった。お教えくださいと、はっきりと口に出して、王に懇願《こんがん》した。

王は与えてくださっただけ。

申し訳なさと歓喜《かんき》に、身がふたつ、裂けそうであった。

冴紗は両の手で顔を覆《おお》い、床にうずくまった。

いまも冴紗は虹の衣装、虹の飾りをつけている。さきほど、羽織るものを、…とお願いしたところ、即座に王は虹織物を持ってきた。その際は訝《いぶか》しく思わなかったが、考えてみればおかしな話である。なにゆえ、虹のものがいま王宮にあるのか。

……わたしの知らぬことが、…この世にはどれほどあるのでしょう。

わたしは、どれほどの人々の心を知らずにいたのでしょう。

「………王。……羅剛………」

だれもそばにおらぬので。声にして呼んでみる。

申し訳ありませぬ。冴紗はもうすでに、せつのうてなりませぬ。別れて一刻《いっこく》も経たぬというのに、もうお顔を拝《はい》したいのです。

二度とお逢いできなくても、と聖虹使《せいこうし》即位式に臨んだというのに、…なんと変わり身の早い、あさましきこと。

あのあと、大神殿ではどのような騒ぎになったのか。なるほど、王に直言《ちょくげん》できたのは永均《えいきん》くらいのものであろうが、家臣たちがどれほど狼狽しているか、想像に難《かた》くない。

であるのに、騒動の根本原因《こんぽんげんいん》である自分が、このような場所で漫然《まんぜん》と王を待つだけでよいものか。

居《い》ても立ってもおられなくなった冴紗は大窓を開けて、中庭に出た。

一歩足を踏みだすと、——森のなかに入ったかのような、花と緑。放《はな》し飼《が》いにされた小動物たち。

「……ああ」

思わず声をあげていた。

そうであった。ここは寂しくないようにと、王が冴紗の故郷の森に似せて造ってくださった庭園なのだ。

こうしていると、想いは昔に還《かえ》ってしまう。

強く、逞《たくま》しかった羅剛王。

彼はそして、並はずれた聡明《そうめい》さと統率力《とうそつりょく》をも兼ね備えていた。

若くして王位についた彼は、国を狙《ねら》う近隣諸国とのいざこざや戦いに疲れると、いつもこの庭を散策《さんさく》した。

お付きの者も護衛《ごえい》もつけずに、ただ、冴紗だけを伴《ともな》って。

あのころの王は、短気ではあったが、我侭《わがまま》ではなかった。

そして修才邏《いざいら》は、近隣最強の王を頂いたと、まわりの国に恐れられることになったのだ。

「……わたしは、…どうすればよいのでしょう、天帝さま……」

天を仰《あお》ぎ、問うてみる。

お声など聞こえるはずもないのに。

聖虹使《せいこうし》などと持ち上げられていても、一度たりとも、天の声など聞いたことがないのに……。

羅剛王《らごうおう》は、言葉どおり夕刻には戻ってきた。

「さしゃ！　冴紗《さしゃ》！　居《お》るかっ⁉」

大声で呼ばわりながら、である。

あわてて回廊《かいろう》を急ぐと、あちらから来た王は、駆け寄りざま、激しく冴紗を抱き締めた。

「…………いたか」

存在をたしかめるような、熱い抱擁《ほうよう》。

胸をふるわせながら、冴紗は言った。

「居れと、…おっしゃいました」

ふん、と王は鼻で嗤《わら》う。

「おまえが俺の言葉をまともに聞いてくれたことなどなかろうに。それに、おまえが居ろうと思うても、……攫《さら》いに来る男がおるやもしれぬ」

「………羅剛……」

あなた以外に、わたしが攫われるわけがありませんのに。そのような男が来たら、舌噛《か》み切ってでも、拒みますものを。

信じてくださいと、御身のみをお慕《した》い申し上げておりますと、睦《むつ》まじい恋人同士のようなことを言いたいが、…言うてしまうわけにはいかぬ。王と自分は、本来許されるはずもない関係なのだ。

顔を覗《のぞ》きこみ、

「なにを泣く？　哀しいことがあるか？　つらいことがあるか？　なんでもよいぞ、俺に言うてみい？」

王の声は、やさしい。

神殿にあがってから四年間、お怒りの声ばかり聞いていた。

このようにやさしくあつかわれると、かえってどうしていいかわからなくなる。

冴紗はそれでも懸命にほほえむ顔を作り、

「……いえ、…宰相さま方は……」

王は指先で冴紗の頬の涙を拭い、そのまま舌先で舐《な》めた。

「それを怖がって涙ぐんでおったのか？　やつらのほざくことなど知れておろうに。――おまえを大神殿に返せと、それればかりだ。挙げ句の果てには、神の罰が怖くはないのか、と脅《おど》してきよった。おまえを攫われたむこうのじじいどもも、あたふたと大騒ぎらしいがな。いい気味だ。俺をたばかって、四年もおまえを返さなかったのだからな」

思わず眉を寄せてしまった冴紗に、王は叩きつけるように、

「わかっておろう。どのみち、おまえが居らなんだら俺は狂い死ぬ。神の怒りに触れて屠《ほふ》られようが、一度でも、おまえをこの腕に抱けたのだから、俺はかまわぬ」

「わたしが、かまいまするっ！」

きつく睨《にら》んで、言い返すと、王はさもおかしそうに声をあげて笑った。

「そうか。俺がのうなったら、泣くか、おまえ」

悔し涙が滲《にじ》んできた。

たわむれにおっしゃっているのであろうが、冴紗にはひどい問いである。

「泣きはしませぬ！　あとを追いまする！」

王の瞳が揺れた。

「………………ばか者が。なぜそのように愛《う》いことを言う…？　昨日の今日で、ゆるしてやろうと思うておったに……」

身を屈《かが》めて、くちづけ。

小鳥が啄《つい》ばむように、幾度も。

「今日は、…やさしくしようほどに」

王の言葉の意味を察し、冴紗は顔面に朱《しゅ》を散らした。

そのようなつもりはなかったが、甘えたことを言うてしまったらしい。

王は、しっしっ、と背後の女官たちを手で追い払い、

「あ、…いや、…飯だけは用意しておけ。邪魔《じゃま》をせぬように、閨《ねや》の外にな。——いや、その前に、香油《こうゆ》だ。最高の香油を、もて」


拒むこともできず、冴紗は王とともに褥《しとね》に入った。

昨日とは違い、王は冴紗の全身をたっぷりと愛《め》でた。

指のもたらす快に酔い、身を跳ね上がるころになってようやく、脚のあいだをなぶってくださった。

ふた晩で、冴紗の身体は、覚えてしまった。

恋しい人に、脚のあいだをなぶられる心地よさも、奥地に、受け入れる悦《よろこ》びも。

香油が、手助けをしてくれた。

遠くで焦がれているよりも、この手に掴《つか》んだほうが、虹は狂気を誘うのだな。

自嘲《じちょうてき》的につぶやきながら、王はお腰の尊いものを、幾度も冴紗に刺してくださった。

ひとたびごとに、はしたなくも冴紗は身悶《みもだ》え、声をあげ、——そして、羞恥に全身を染《そ》めることとなった。

## Ⅷ　美優良王女《みゆらおうじょ》

女官《じょかん》の言ったとおり、羅剛王《らごうおう》は人が変わったように穏《おだ》やかになった。政務《せいむ》も精力的《せいりょくてき》にこなすようになった。むろん、癇癪《かんしゃく》などまったく起こさぬ。

それがすべて自分のせいだなどと、自惚《うぬぼ》れた考えはもてなかったが、――しかし、懐《なつ》かしい人間がそばにいるのは安心なのであろうと、冴紗《さしゃ》はそう考えた。

朝、王が政務にむかったあと、女官たちが冴紗の身仕度《みじたく》を手伝うためにやってくる。手にはいつも真新しい虹織りの衣装を持って。

ある日、不思議に思って訊《き》いてみた。

「なぜ毎日違う衣装を持ってくることができるのですか？　この服は、織《お》るのにたいへん時間がかかるものなのでは？」

女官はおかしそうに笑った。

「ご存じありませんの？」

「は？」

「冴紗さまのお衣装、部屋三つぶんもありますのよ。——それに、飾《かざ》りの宝石のお部屋が一つ。お靴《くつ》の部屋が二つ……」

驚きの声をあげてしまった。

「まさか、…ほんとうのことですか…?」

しかし、一着仕上がるたびに、王は宮殿に呼んだではないか。「新しい服だ。大事に着ろ」とおっしゃって。

「ええ。もちろん、織るのは半年以上もかかりますわ。ですが王さま、あとからあとから注文なさるんですもの。そのくらいたまってしまいますわよ」

女官は、うれしそうに冴紗に着付けていく。

庭の散策《さんさく》をしやすいように、裾《すそ》を引き摺《ず》らない足丈《あしたけ》の服だ。

「それに」

指先を唇にあて、小太りの女官は悪戯《いたずら》っぽく、

「仲間の名誉《めいよ》のために申し上げておきますけど。宮殿の女たちは、そうしょっちゅう花瓶など割ったりしませんわ。お食事の支度も、遅くなったことなど一度もありません。あれは、王さまの、言い訳。鈍《にぶ》い男たちはわかっていないようですけど、女たちはみなわかっておりますから、黙ってお芝居《しばい》の片棒《かたぼう》を担《かつ》いでさしあげてますわ」

戸惑《とまど》う冴紗を、今度は鏡の前に座らせ、

「おぐしも、整えさせてくださいましね」

有無《うむ》を言わさず、髪を漉《す》きにかかる。

「それにしても、ほんとうによかったですわ」

「……はい？」

「冴紗さまが戻ってらして、王宮が明るくなりました」

「……そのようなことは……」

「いえ、本当ですのよ。——私たち、心配してましたのよ。ここだけの話ですけど、王さま、美優良王女《みゆらおうじょ》と会ってもいないんですもの」

鏡のなかで、冴紗は目を瞠《みは》ってしまった。

やはり鏡ごしに、女官はうなずく。

「ええ。婚礼《こんれい》の儀《ぎ》もすっぽかしておしまいになるし、王女さま、——あ、ええと、宮殿の西の宮にいらっしゃるんですけど、——ほんとに、まだ子供のような方で」

冴紗は、言葉を失った。

自分のことにかまけて、大切なことを失念《しつねん》していた。

そういえば、王は婚礼の日に冴紗を攫《さら》ったのであった。あれ以来、毎夜花の宮に訪れる。とうぜん、王女のほうには顔も出していないはずである。

ほうっ、と女官はため息をつき、

「お長くなりましたわね。ほんに、虹の滝のよう。…ですけど、こうして冴紗さまの髪を漉いていると、わかりますわ。まるで違いますすものね」

おしゃべりな女官の話は、つぎつぎ話題が変わる。なにを言っているのかと首をかしげていると、

「あ、これも、ここだけの話ですけど、――あの王女の髪、本物ではありませんわ」

息を呑《の》んだ。あまりの内容に。

……まさか、そのようなことが……。

虹色の髪を有しているからこそ、この侈才邏王国王妃《いざいらおうこくおうひ》の座に迎えられたはずである。であるのに、かんじんの髪が本物でないとは、…かしましい女官同士の噂《うわさ》であっても、そのような醜聞《しゅうぶん》は聞き捨てならぬ。

だが先を促《うなが》す必要もなく、話を進めてくれた。

「王女付きの者も、みな言っております。そばに寄ると『染め粉の匂いがプンプンする』ってね。それに、あれは一国《いっこく》の姫というものじゃない、品《ひん》もなにもない、田舎《いなか》の小娘だって。従者《じゅうしゃ》もひとりしか連れてませんしねぇ、お召物《めしもの》もひどいもの、…ほんに、あのような小娘が王妃さまなどといったら、女官全員が辞《や》めてしまいそうですわよ。冴紗さまを見慣れているあたくしたちが、あのような姫に仕《つか》えられるわけがありませんわ」

調子に乗って話している女官には悪いが、冴紗は青ざめてしまった。

なんとか王女に会って、ことの真偽《しんぎ》を確かめねば。

……お妃さまにそのような噂がたってしまったら、王のお立場が悪くなりましょう。王女とて、あまりにもお可哀相《かわいそう》だ。

すべて、自分のせいかもしれぬのだ。自分が、このようなところに居《お》らなければ、問題などなにもなかったかもしれぬ。いまごろは、美優良王女こそが、王のご寵愛《ちょうあい》を受けていたはずなのだ。…自分ではなく、王女こそが。

「王女さまは、……たしかに、西の宮におられるのですね？」

冴紗の問いに、なにも知らぬ女官は、うなずいた。


花の宮から出てはならぬときつく言われていたが、女官には、王にお届けものがございますので、と嘘をつき、手にはそれらしく服などを布に包んだものを持ち、冴紗《さしゃ》はこっそりと西の宮に近づいてみた。

冴紗の住まう花の宮は、美しい庭園に囲まれた住みよい宮だが、西の宮はどちらかといえば手入れもいき届いていないような、王宮のなかでもみすぼらしい宮であった。

……わたしの聞き間違いだったのでしょうか……。

考えてみれば、王妃となられるお方を、王宮内に招き入れず、別棟《べつむね》に住まわせるわけがない。

「これでは、…ほんとうに、森のよう……」

冴紗はつぶやく。

森のようといっても、花の宮はそれらしく作ってあるだけで、じっさいにはひじょうに手入れの行き届いた麗《うるわ》しい庭園《ていえん》である。しかし、西の宮のまわりは壁もところどころ欠《か》け落ち、草も木も生《は》え放題《ほうだい》というありさま。

このような宮《みや》に王妃さまがいらっしゃるわけがない。きっと自分の聞き間違いであったのだと、冴紗が踵《きびす》を返しかけたとき、――その声は聞こえた。

「論朋《ゆほう》ー！」

身体が止まった。声が、少女のものであったからだ。

王宮に少女はおらぬ。女官であっても、冴紗より年上の者ばかり、王族のだれぞが子女《しじょ》を連れて遊ばせているのか、とも思ったが、それはありえぬ話であった。いちばん血の近い周慈殿下《しゅうじでんか》と伊諒殿下《いりょうでんか》は牢《ろう》のなか、そのほかは、王族といえども王宮内を自由に行き来などできぬ。許されてはおらぬ。

「論朋、どこぉ？」

鬱蒼《うっそう》とした森のような場所で、少女が誰かを呼ばわっていた。

入ってみようと、思った。

お咎《とが》めは覚悟で、欠けた壁の隙間《すきま》から、西の宮の庭園に入る。

嫌な胸騒《むなさわ》ぎがした。

女官の話を聞いたときより、感じていた。これはたいへんなことになっているのではないか、と。

弱小国峥嶮《そうけん》の王女とはいえ、他国から妃《きさき》として迎え入れた姫を、もし無下《むげ》にあつかっているとしたら、…国と国との争いごとに発展する怖れもある。

冴紗は顔にはねかかる梢《こずえ》をさけながら、声のしたほうにむかった。

唐突《とうとつ》に、木々の作り出す間に、出た。

「ああ、そこにいたの……」

少女の声は、途中で止まる。

そうして。

冴紗は出会ってしまったのだ。美優良王女《みゆらおうじょ》に。

少女。

たしかに、そうとしか言いようのない、…十六と聞いたが、栄養のゆきとどいておらぬような細い手足、そばかすだらけの、陽《ひ》に焼けた黒い肌、肩ほどに伸ばした髪だけが、ぎらぎらと太陽をはねかえして光っていた。

彼女はこぼれ落ちそうなほど瞠目《どうもく》して冴紗《さしゃ》を見ていたが、……視線の動くさまが、哀《あわ》れであった。冴紗の瞳、髪を、上から、足元まで、そしてふたたび、瞳へ。見る見る顔が強《こわ》ばっていくのがわかる。

「……あなたは……」

あとは言葉にならぬ。

そのとき。

「美優良《みゆら》、呼んだか？」

木々のあいだから、もうひとりの人物が姿をあらわした。

純朴《じゅんぼく》そうな瞳をもつ青年だ。少女の呼ばわっていた人物であろう。

「……あ……」

だが彼もまた、冴紗の顔を認《みと》めるなり、凍《こお》りついてしまった。

冴紗は困惑し、声を発することもできぬ。

……わたしが、このようなところに来ては、まずかったのでしょうか……。

三人が三人とも沈黙《ちんもく》をつづけていたが、――しばらくのち、王女が、ゆっくりと口を開いた。

「…………諭朋《ゆほう》……もう駄目、ね。見たら、すぐわかってしまったわ。……女官たちが陰《かげ》口《ぐち》をたたくの、あたりまえだわ。…本物の虹の髪って、これほどすごいものなのね……。煌《きら》めいて、…すごい。私たちの国の玉虫《たまむし》よりも、七色……」

冴紗は、いいえ、いいえ、と、反論《はんろん》したかったが、……無理であった。

王女の髪は、どう見ても『虹』とは言えぬ代物《しろもの》であった。しいて言えば、薄《うす》い鉄色《てついろ》。それにぎらぎらとした染め粉の色が混ざり、あきらかに作り物の色を呈《てい》していたのだ。かてて加えて、そうとう安価《あんか》なものを使っているのか、肩口《かたぐち》にさえ染め粉の煌めきが落ちている始末《しまつ》。

……なにゆえに、そのようなことを……。

哀《かな》しさに、絶句《ぜっく》してしまう。

なにゆえ、虹の髪など装《よそお》わねばならなかったのだ。このような幼《おさな》い姫が。

それでも冴紗は懸命《けんめい》に言葉を探した。

自分がなんとかせねば、王も、この王女も、困った事態に陥《おちい》ってしまうのは必至《ひっし》。

「わたしは、…虹霓神《こうげいしん》にお仕えする神官、冴紗と申します。御身の、お輿入《こしい》れを寿《ことほ》ぎまして、…」

あとは、なにを言えばいいのだ。

冴紗の立場はあまりにも微妙《びみょう》で、聖虹使《せいこうし》としてなら正式な挨拶《あいさつ》ができるというのに、いまの冴紗は、王の囲《かこ》い者と呼ばれてもおかしくない立場だ。王のご寵愛《ちょうあい》をいただいている身で、なにが言えよう。

王女は、歯を見せて笑った。

田舎娘のように。

「知ってます。聖虹使《せいこうし》さまになられる、大神殿の冴紗さま」

だが、無邪気に笑ったのではない。冴紗に精一杯の好意をあらわそうと、必死に笑い顔を作ったような……。

そのようなことを思うてはいけない、と自分を戒《いまし》めるのだが、王女と青年、ふたりとも の面差《おもざ》し、服装、すべてが、……女官たちの言葉どおりであるので、…冴紗はいたたまれぬ気分に陥った。

懸命《けんめい》に話題を探《さぐ》り、せめて手にしていたのが菓子折《かしお》りででもあったなら、それを渡して早々に辞《じ》すこともできたのにと、おのれの浅慮《せんりょ》を悔《く》やむばかり。

冴紗さまー！

身をすくませていた冴紗は、そのとき、遠くで自分を呼ばわる声を聞く。

冴紗さまー！　どちらにいらせられますかー!?

声は女官のものであった。王宮の庭園内を、数人が必死になって冴紗を探し廻《まわ》っている様子だ。

「……あ……」

即座《そくざ》に戻らねばならぬ。女官たちには、王に逢《あ》いにいくと言い置いて、花の宮を出たのだ。あのように王宮中に響《ひび》き渡るような声で、女官たちが探し廻ったら、王のお耳に届いてしまう。冴紗がこちらの宮に来ていることも、発覚《はっかく》してしまうかもしれぬ。

「あの、…大丈夫ですか？　美優良を心配して、わざわざお訪《たず》ねくださったのですよね？

探している方に、そう説明いたしましょうか？」

顔色を変えた冴紗を見て、青年が心配そうに言った。

「いいえ、…ご心配には、……急に訪《おとず》れまして、申し訳ありませぬ」

王女と青年は顔を見合わせる。

だれが見ても、たぶん一目《ひとめ》でわかるであろう。

このふたりは恋人同士。

資源に乏《とぼ》しい小国の、王女といっても、つつましい暮らしをしてきた姫。

そして、いたしかたない事情により、こうして他国に嫁《とつ》ぐ姫に、せめて従者《じゅうしゃ》となってついてきた青年……。

「それでは、失礼いたしまする」

……なにゆえ。

と、冴紗は去りぎわ、頭を下げながら、痛む胸で思う。

偽物《にせもの》の虹のお方であっても、ひどいお方のほうがましであった。あのような純朴な少女であるよりは。

だれが悪いのか。だれがこのようなことを画策《かくさく》したのか。

あれほどわかりやすい偽髪《にせがみ》であったなら、…隠すしかないではないか。世間《せけん》に見せるわけにもいかぬ。そういう、大臣たちの思惑《おもわく》もわかるが、あまりにお可哀相《かわいそう》である。王妃《おうひ》として招いておきながら、あれでは幽閉《ゆうへい》と変わらぬ。

小走りに花の宮への径《みち》を駆《か》ける冴紗は、しかしそれほど駆けぬ間に、息を切らした女官とかち合った。

「冴紗さま！　…ああ、…よかった。…お探しいたしました。ただいま、大神殿の使いの方が、冴紗さまにお目どおり願いたいといらしております！」

と、背後を指差す。

そちらを見たとたん、心《しん》の臓《ぞう》が止まるかと。

「………和基《わき》……」

……ついに……。

ついに、そのときがきたのだ。

わかっていたことではないか。大神殿が、このまま放っておいてくださるわけはないのだ。

冴紗《さしゃ》とて、このままでよいとは思うていなかった。いつかは、…真実を告げて、わたしはすでに清童《せいどう》ではなくなっておりますゆえ、聖虹使《せいこうし》にはなれませせぬ、と……そう申し上げ、しかるべき裁《さば》きを受けねばならぬと。

「冴紗さまっ！」

和基《わき》は冴紗を認めると、一目散《いちもくさん》に駆けてきた。

「ああ、よかった！　ご無事で……」

あとは、声もない。

飛竜《ひりゅう》は王騎士団しか所有《しょゆう》しておらぬ。こたびのことで、王が飛竜を貸し出したわけもなく、そうなるとあの霊峰《れいほう》をおのれの足で下り、町の走竜《そうりゅう》を使ってやってきたのであろう。汚れ、ところどころ破れた外套《がいとう》は、和基がどれほど急いでやってきたかを、端的《たんてき》に物語《ものがた》っていた。

しかし、喜びにほころびかけた顔は、一気に曇《くも》った。

あとずさるように、和基は茫然《ぼうぜん》とつぶやく。

「……冴紗さま、もしや……」

冴紗はうつむき、薄く笑った。

なんとわかりやすい反応を。

それほど、見てわかるものなのか。清童ではなくなった、ということは。

ふいに。和基は唸《うな》り声のようなものをあげた。

「……許せぬ……。王よ……」

はっとした。和基の腰には剣があった。つねならば、神官がそのようなものを佩《は》くことはない。どこぞの街で買い求めたものか、…しかし、秘《ひ》めた思いはあきらかである。

冴紗は悲鳴《ひめい》のように言った。

「和基！　駄目です！　王に逆らってはなりませぬ！　あなたが返り討《う》ちに遭《あ》います！」

王はご無体《むたい》をなさって、わたしを犯《おか》したわけではないのです。わたしが望んで、尊いお情けをいただいたのです。

だが、あまりに恥ずかしい言葉であった。口から出してしまうには。

頭が混乱する。

いましがた、美優良王女《みゆらおうじょ》とお会いしたばかり。まだ、胸の痛みも消えぬ。なのに、今度は和基《わき》の出現、――激怒《げきど》し、腰の剣に手をかけかねぬ怒りよう、……冴紗《さしゃ》はどうしてよいかわからなくなった。

せめて、興奮《こうふん》を抑《おさ》えてもらおうと、

「……和基、…どうか、落ち着いてください。王にお願いして、一度かならず大神殿に伺《うかが》いますから、」

「伺うのでは困ります！　お帰り願わないと！　私はそのために、神官たちを代表して参りました！　儀式のさなかに、冴紗さまを王に攫《さら》われた、我らの無念《むねん》もお察《さっ》しください！」

叫んだ和基の視線が、つと、冴紗の背後に流れた。

その表情の激変《げきへん》に、はっと振り返れば、

「………王………」

なんと！　なんとおそろしい間《ま》の悪さであろう！　このような言い争いをしているときに、よりによって王がおでましになるとは！

王と和基は、もとから犬猿《けんえん》の仲。なんとか取り繕《つくろ》わねば、と冴紗が王に向かって歩《あゆ》みだそうと、…その矢先、ぐいっ、と後ろから手が伸びて、冴紗を抱き締めたのだ。

……え……？

いったいなにが起きたのか、まったく理解できぬ。

自分を抱き締めるといえば、王の手。であるが、その王は、前方にいらっしゃるのだ。

「貴様《きさま》っ…！」

剣を抜き、駆けて来る王。

「お止まりください、王！」

冴紗を抱き締めている人物が、それを押し止める。

王はぎりぎりと折れるほど歯を食いしばり、

「なんの、つもりだっ。冴紗をはなせっ、薄汚《うすぎたな》い下郎《げろう》がっ！」

「あなたのなさったことを真似《まね》ているだけです、王よ！」

冴紗をあいだにはさみ、ふたりの男は睨《にら》み合っている様子。王の目からは、火花《ひばな》でも散りそうである。

茫然自失《ぼうぜんじしつ》となっていた冴紗は、かろうじて言葉を吐《は》いた。

「おやめ、ください、…王も、和基も……。わたしは、いずれ大神殿に申し開きに行かねばならぬのですから、」

「行かせるかっ、そのような場所！　二度となっ！　俺の四年間の苦しみを、貴様ら神官も味わうといい！　冴紗の面影《おもかげ》だけを追って、夜ごと、熱さにのたうちまわれ！　冴紗は俺のものだっ、二度とはなさぬっ！」

咆哮《ほうこう》する王は、剣をかまえたままにじり寄ってくる。

「いいえ！　冴紗さまは、あなたさまだけのものではありません！　神官と、民のものです！」

ふたりの男のあまりの迫力に、冴紗は口をはさむことができぬ。

王の剣は、小刻《こきざ》みに震《ふる》えていた。怒りのため、身が震えているように。

「……偉《えら》そうな御託《ごたく》を並べるわりには、……なんだ、その手は？　なぜ冴紗を抱き締める…？　貴様の考えなど、すべて透《す》けて見えておるわっ！　貴様のいやらしい考えなど、すべてな！」

背後でも、歯軋《はぎし》りの音。

冴紗は消えてなくなりたかった。

そうでなければ、意識を失ってしまえたら、どれほど楽か。

和基は応えぬ。歯軋りをしたまま。

「どうだ？　ぐうのねも出ぬであろうに」

王は嘲《せせ》ら笑う。

「その手をはなせ。冴紗が穢《けが》れる。冴紗は、俺のものだ」

「いやですっ！」

和基は言いつのった。

「たしかに、…たしかに、冴紗さまを見て、焦《こ》がれぬ男などおりません！　認めます。……ですが、それとこれとは話が別、このお方は、ひとりの男のものになるべき方ではありませんっ。たとえそれが王であっても、独占《どくせん》してはいけない、聖なるお方なのです！

――それにあなたには、お妃さまがいらっしゃるではないですか！　神に誓うべき、『銀の月』が！」

言って、振り返る。

抱き締められたままであったので、冴紗の視界のはしにも、映《うつ》ってしまった。和基の指差す美優良王女と、お供の青年の、その青ざめた顔が。

……ああ……きっとわたしを案じて、追いかけてきてくださったのだ。

王女であるのに、慢《おご》ったところなどまるでない少女。しかし、それがあだとなった。このような修羅場《しゅらば》に行き遭わせてしまった。

王は、不敵《ふてき》に嗤《わら》う。

顎《あご》を上げ、冷たい瞳で断《だん》じた。

「俺の『銀の月』は、冴紗ひとりだ。――ほかには、おらぬ」

冥《くら》い、炎のような。

王の瞳のなかに、ゆらめく、情念《じょうねん》のほむら。

困惑してはいる。自分のせいで、と激しい心の痛みを感じながらも、…王の言葉に胸がふるえる。

『銀の月』

王妃さまの別称《べっしょう》。

どれほど人々から『虹の御子《にじのみこ》』と崇《あが》め奉《たてまつ》られても、王とおなじ性である自分には、永久《えいきゅう》に許されぬ称号《しょうごう》。

ひとたびでも、王がその名で呼んでくださったことが、冴紗には、こらえきれぬほどの喜びであった。

……わたしは、なんと恥しらずな……。

いま自分が置かれている立場を、わかっているはずであるのに。

和基に抱き締められ、背後には王女たち、女官たちも、衛兵《えいへい》たちも、遠巻《とおま》きに見守っている。

それでも、王のおすがたしか目に入らぬ。

王よ。

恋しい、我が王よ。

どれほど。どれほど、そのお言葉がうれしかったか。お伝えするすべがないことが、心底《しんそこ》かなしゅうございます。

王は侮蔑《ぶべつ》の表情で、美優良王女を顎《あご》でさす。

「そのような女は知らぬ。その女も、ほかに想い人がおる様子、ちょうどよい。どこへなりと、失《う》せるがよい」

「……許せぬ……王の権力を笠《かさ》に着て、好き勝手なことを……」

唸るような和基の誹《そし》りを、王はやはり鼻で嗤《わら》った。

「俺こそ、その言葉、貴様らに叩きつけてくれるわっ。大神殿の力を笠に着て、とな!」

「……さしゃ……？」

ふと、王の呼ばわる、あわてたような声が耳に入ってきた。

「冴紗！　なにを泣くっ!?　怖がらずともよい！　そのような者っ、すぐに斬り捨てて、救《たす》けてつかわすゆえ……」
言いかけ、躊躇《ちゅうちょ》しているように、言葉を失う王。
なにを思うたのかは、一目瞭然《いちもくりょうぜん》であった。王は、冴紗の気持ちがどちらに向いている
のか、迷ったのだ。自分を取るのか、神殿からやってきた無礼《ぶれい》な神官を取るのか。
反対に、力を取り戻したかのような和基の声。
「もちろん、冴紗さまは、神殿に戻られたいのです！　そうですよねっ？　王がお放《はな》しに
ならぬ、力尽《ちからづ》くでひどいことをなさった、…ですからお嘆《なげ》きなのです！　冴紗さまは、
私が救いだしに来るのをお待ちだったのです！」
「ふざけるなっ！　冴紗が、……さしゃは、………」
言い淀《よど》む王の、悲痛《ひつう》な瞳。
睫《まつげ》を伏《ふ》せ、冴紗は啜《すす》り泣くことしかできぬ。
いっそこのまま、こときれてしまいたい。
おのれの心は、いささかも変わりはせぬ。はじめてお逢いしたときより、王のものであ
る。だが、……まわりが、…まわりの方々が、それを許さぬ。王と自分との恋は、人々を
裏切るものなのだ。
「冴紗さまっ、はっきり言って差し上げてください！　いまなら私がお守りいたします！

そうしないと、王はわかってはくださいません！　厭《いや》ですと、あなたなど嫌いです、もう付き纏《まと》わないでほしいと、…おっしゃってあげてください！」

あまりにおのれの心と反対のことを言われ、

「どうなのだ、冴紗っ！」

王にも急《せ》かされ、冴紗は、ようよう口を開いた。

「………………神殿《しんでん》に、……帰りとう、ございます………」

言葉に血が混ざる。

混ざっていることを、だれぞ、わかってほしい。

いや、王にこそ、わかっていただきたい。

「帰してください、……王よ。お妃《きさき》さまがいらっしゃる場で、そのような………」

いや、美優良王女には、恋人がいらっしゃる。王との婚姻を望んでいらっしゃらぬ。

ならば、……自分はどうすればよいのだ。どうすれば、みながよいように取り計らえるのだ。

……だれぞ、こたえを教えてくださいませ。

冴紗は阿呆者《あほうもの》でございます。たいせつなときに、なにも考えられぬのです。

つ、と。

頬に風を感じた。

泣き濡れた瞳をあげると、――王の刃《やいば》が、頬に触れる寸前であった。

ああ……。

成敗《せいばい》してくださるのですか……？

歓喜《かんき》の表情を浮かべかけた冴紗に、氷のような王の言葉、

「貴様らに盗《と》られるくらいなら、このまま冴紗を殺す。殺して、俺も死ぬ」

びく、っと、冴紗を抱き締めていた和基の手が緩《ゆる》む。

王の言葉は真実。

瞳が、それを告げている。

冴紗は必死に止《と》めた。

「いいえっ！　いいえ、いけません！　あなたさまは侈才邏国王《いざいらこくおう》でございます！　ご成敗《せいばい》はうれしゅうございますが、あなたは、死んではなりませぬ！　生きて、立派《りっぱ》に国を治《おさ》めてくださいませ！」

王が手を伸ばしてきた。

緩んだ和基の手から、すくい取るように、冴紗を抱き攫《さら》った。

そして、言った。

「神殿に帰りたいか。……おまえは、…帰りたいのか。俺に抱かれて、……泣いておったのも、…ほんとうは逃げとうて、…泣いておったのか……？」

ぞっとした。

ほんに、気狂《きぐる》いなされたか。

譫言《うわごと》と聞き紛《まが》うほどの、奇妙《きみょう》な声音《こわね》。

許さぬ。

王は、つぶやく。

許さぬ。俺から離れることなど、けっして。

表現のしようもない。死ぬまぎわの者でも、これほど苦痛に満ちた声などださぬであろうに。

そのまま、あとずさる。冴紗を弓手《ゆんで》に抱きかかえ、刀の切《き》っ先《さき》を冴紗の喉元《のどもと》に突きつけたまま、

「だれも、寄るな。寄らば、…冴紗を斬《き》る。神官どもも、…その、薄気味《うすきみ》の悪い染め粉の女も、そばに張りついておる男も、………どこへなりと、行ってしまえ。俺と冴紗を引き離す者は、地の底でも、天の高みでも、好きなところに………行かぬなら、だれであろうと、いますぐ、剣の錆《さび》にしてくれる」

怒鳴り声ではない。

眠りながら言っているよう。

であるので、もっとも怖い口調《くちょう》であった。

「その女のどこが、虹の髪だ…？　峥嶮《そうけん》とゆうは、弱小国でも、おだやかな名君《めいくん》が治めているると噂であったのに、…嘘をこいて、偽髪の姫などよこしおって。——のう、冴紗、おまえの親、九つまでなど隠《かく》しとらんで、さっさと届けでていれば、…そのような騙《かた》り者、世に出なんだのにのう。…それとも、峥嶮《そうけん》とやらの僻地《へきち》では、信じ込んでおったのか？　それが『虹色』であると？　染めなんでも、わずかは光っておるようだからな。……いや、…俺も、世の者どもも、おなじか。おまえさえ見なんだら、その女の髪でも十分『虹』に見えたであろうがの。まこと、罪作《つみつく》りだの、さしゃ」

侮蔑の言葉を、舌《した》たるい言い回しで、ゆるりと吐きつづける。

王はすでに正気《しょうき》を保《たも》ってはおられぬ。

冴紗でさえ、ふるえあがってしまうほど……。

## Ⅸ　婚姻《こんいん》

「……ほんにの、……いっそ殺してしまおうか」

王は薄く笑う。

寝室である。

即座《そくざ》に王は、冴紗《さしゃ》を花の宮に連れ戻った。

先日まで、やさしくくちづけてくださった唇が、いまは毒のような言葉を吐《は》く。

「まことは、神の子などではなかろう、おまえ。…魔物《まもの》の子ではないのか？　魔物は、人を惑《まど》わすために、世にも美しいすがたをしているというからな。男を狂わせて狂わせて、狂い死《じ》にさせる。おまえは、魔物以外のなに者でもないわ」

絶望の色。

瞳のなかに。

ゆらめくほむらのよう。

「…………そうか。帰りたいか、…神殿に……」

おなじ言葉を幾度《いくど》もつぶやく。

「……哀《あわ》れよの。これほどながの月日、恋い焦《こ》がれても、……ほだされてはくれぬのか。……そこまで疎《うと》まれているとは、……思わなんだ……」

冴紗の胸はそのたびに引き裂かれそうになる。

言い訳であるのは重々承知《じゅうじゅうしょうち》だが、あの言葉以外、ほかになにが言えたろう。

あのままでは、和基《わき》は斬り殺されていた。

ふたりは、斬り合う間際《まぎわ》であった。ああ言えば、斬りかかってくるのは王。であれば、おのが身を盾《たて》にして和基を守れると、冴紗はとっさにそう考えたのだ。

羅剛王《らごうおう》は、『荒ぶる黒獣《こくじゅう》』と怖れられる、剣の使い手である。さらには、宮殿内には衛兵たちも数多くいる。和基に勝ち目など、万に一もなかった。

……和基も、王女さま方も、なんとか王宮を出られたでしょうか……。

みな無事であればよいが。

だが、瞬時《しゅんじ》にさまざまな思考《しこう》をめぐらせたつもりであったが、……いま思えば、本心の望みは、王の手にかかって死ぬことであったやもしれぬ。

いまならば、王のお情けの記憶をいだいたまま、眠れる。

これより先、美優良王女《みゆらおうじょ》と睦《むつ》まじくなっても、他の方を新たにお妃《きさき》にもらうとしても、……自分が『銀の月』になれる日だけは、永遠にこぬ。

王が、ほかの方を抱くすがたなど、見たくはない。こたびの美優良王女には、幸いにして恋人がいたが、王はすばらしきお方、普通にお輿入《こしい》れしてきた姫なら、一目で恋に堕《お》ちてしまうはず、次回はこうはゆかぬ、――であるならば、自分は一足先《ひとあしさき》に父母のもとへと旅立つほうが、と、冴紗はそう思ってしまったのだ。

「ふん。騙《だま》されておったわ。…おまえのその困ったような顔もな、…恥《は》じろうておるのだとばかり思っておった。――違ったのだな。おまえは俺を疎《うと》んでいたのだな」

反論もできぬ。

冴紗には良策《りょうさく》などまったく思い浮かばぬ。

恋《いと》しいお方を傷つけてしまったおのれを、ただただ恥じるのみである。

王の目は冥《くら》い。

光のまったくささぬ洞《ほら》のようだ。

「…………惚《ほ》れて、おったのか、おまえは。……惚れおうて、…おったのか、おまえらは…？」

信じられぬ質問に、いっしゅん冴紗は目を瞠《ひら》いた。

それがまずかった。王はあきらかに誤解《ごかい》した。

「どうりでな。あの神官、やけに絡《から》むと思うたら、……そういうことか」

どん、っと王は冴紗の胸を突《つ》いた。いやおうもなく、寝台《しんだい》に転がり込む格好《かっこう》となった。

冴紗は弁明《べんめい》したかった。

……誤解でございます！

王が、狂うほど焦がれていたとおっしゃるなら、自分こそが、狂うほど御身《おんみ》に恋い焦がれておりましたものを！

ほかの男など、心のすみにさえ入れたことがない。男の方のものにしていただける、その意味さえ存じませんでしたのに。それを教えてくださったあなたが、…なぜそこまで、冴紗をお責《せ》めになりまする！

「――婚儀《こんぎ》を、行なうぞ、冴紗」

ぎくりと、した。

この場、この会話の流れで、王の真意が掴《つか》めぬ。

王女さま方、せっかくお逃《に》がしできたのに、と唇を噛《か》み締《し》めたが、冴紗はなんとか言葉を返した。

「み、…美優良王女さまを、…それでは、呼び戻し、」

「だれがあの女と行なうと言うた。俺の相手は、おまえであろうに」

心底ふるえがきた。

王はほんとうに狂気に駆《か》られているのか。

ふいに扉に向かって怒鳴る。

「だれぞっ！　重臣どもを呼べっ！　どうせ束《たば》になって聞耳《ききみみ》たてておろう！　即座に集めろっ！　…ああ、いや、それでは足《た》りぬ。宮殿に居《お》る者、すべて掻《か》き集めてこい！　騎士団員も、下働きの者まで、残らずな！　これより、婚姻の儀を取り行なうゆえ！」

冴紗は我を忘れ、王の服に取りすがった。

「王っ！　なにを仰《おお》せですっ!?　婚儀など、…できるわけがございませぬ！」

嗤《わら》う王。

唇を歪《ゆが》め、嘲笑《あざわら》うかのように。

「ひとつだけ、な。あやつに感謝してやろう。おもしろいことを言うたでな。…俺の真似《まね》をして、…となな。――ならば俺も、おまえの真似をしてやろうではないか」

「……冴紗には、……おっしゃる意味が……」

王は冴紗のおとがいを指先で上げ、うっとりとくちづけた。

「披露《ひろう》などは、つけたしのものだということだ。おまえがな、俺の許可もなく、早々《そうそう》にこれを、」

これを、と、その言葉を吐きながら、王は冴紗の脚《あし》のあいだに手を伸ばした。

驚き、身を引きかけたが、強い手で掴み取られてしまう。

「……ぁ……」

「切り落とし、聖虹使《せいこうし》になってしまおうとしたようにな、俺も、臣《しん》どもに見せつけてくれるわ。すでに、俺の『妃《きさき》』は決まっておる、とな」

説明をうけても、さらに困惑は増すばかりである。

そうこうしているうちに、扉の外は騒《さわ》がしくなってきた。

「おお。来たか。入ってまいれ」

奇妙な上機嫌《じょうきげん》で、王は声を放つ。


「……そ、それでは、失礼を、いたしまする」

おずおずと、扉を開け、顔を差し入れたのは、宰相《さいしょう》である。

寝室内で斬り殺されているのでは、と怖れていたのか、冴紗《さしゃ》の顔を見つけると、安堵《あんど》の表情を浮かべる。

「ぐずぐずするな！　さっさと来よ！」

怒声《どせい》で、臣たちは怯《おび》えた様子《ようす》で足を踏み入れる。

さきほどの騒動《そうどう》ののち、急ぎ、話し合いでもしていたのであろう。主《おも》だった臣たちはすべて揃《そろ》っていた。

さらには、永均《えいきん》はじめ、騎士団の者、衛兵、料理番まで、…花の宮の女官たちの顔も、見えた。

全員が強《こわ》ばった顔であるのに、王のみが、愉快《ゆかい》そうであった。

冴紗を抱き締めたまま寝台に腰をおろすと、

「みなも知っておろう。こたび、俺の『銀の月』となった、冴紗だ」

だれも、ひとことも声を発《はっ》さぬ。茫然《ぼうぜん》としている、というより、やはり、…という顔に近い。

ひとり、声高《こわだか》に、王は告《つ》げる。

「貴様らの言い分くらい、俺もわかっておる。なにを望んでいるのか、もな。……だが、…いま、仮面を取ったこいつを見て、納得しておろうに？　四年前も、目が眩《くら》むほどうつくしかったが、…いまは、こうであるぞ？　貴様らも、王の立場と権力があったなら、俺とおなじことをしたであろ…？」

王の手が、不穏《ふおん》な動きをはじめていた。

冴紗の服の、裾《すそ》をまくりあげているのだ。

「…………王…………？」

内腿《うちもも》を撫《な》でる。付け根にむかって。

ようやく冴紗は言葉を発することができた。

「なにを、なさ…」

瞬時に、意味を解《かい》した。冴紗のみならず、たぶん室内の全員が。

「王っ！　おやめくだされっ！」

まっさきに声を張《は》り上げたのは、やはり永均《えいきん》であった。人を掻《か》き分け、進みでると、片《かた》膝《ひざ》をつき、

「冴紗さまは虹《にじ》の御子《みこ》でございまするぞっ！　人前で、お穢《けが》しになられる気かっ!?」

王の身体は小刻みにふるえていた。抱かれている冴紗にはそれが感じられた。興奮が激《はげ》しすぎるのか。

「だから、…なんだ？　これは、…魔物だ。神の御子などではないわ。これほど男を狂わせるのだから……いや、どちらでもかまわぬ。喰《く》い殺されてもかまわぬ。だれぞ、…止められるものなら、止めてみせよ！」

「ですがっ」

王は低く嗤《わら》う。

「俺のしようとしていることは、昔は当然のことであったろう？　たしかに王の精《せい》を受けたと、証明するために、王妃は夜毎《よごと》脚を開いたと聞くぞ？　臣どもや王族の前でな。王は、壺《つぼ》からあふれるまで、精を注ぎ込むのだ、とな」

王の手が割り込んでくる。

すでに脚は、ほぼあらわ。

冴紗は必死に暴《あば》れた。

「おやめくださいっ、…王っ、…いやでございますっ、…このような……このような場所

で、わたしは、」

噛みつくようなくちづけで、王は冴紗を黙《だま》らせる。

「狂うておるのだ、俺は。…おのれでも、わかっておるわ。おまえを捕《つか》まえておくためなら、……俺は、魔道《まどう》に堕《お》ちてもかまわぬ！　どのような魔物にでも、この身、喰わせてやる！　恨《うら》むなら、…恨め、さしゃ。怨《うら》んでも、かまわぬ、……俺のそばに、居れ！」

早急《そうきゅう》な手は、すでに冴紗の恥ずかしい場所を握《にぎ》り込んでいる。

冴紗は、今度は永均らに、救けを求めた。

「後生《ごしょう》でございますっ、…どなたか、…王をお止めして…っ！　王は未来のある方ですっ、このようなこと、…なさってはいけないのですっ！」

嘲笑うような、王の言葉、

「いまさら、なにを」

臣下たちは顔面蒼白《がんめんそうはく》である。

王っ！

羅剛王《らごうおう》よっ！

しかし、声だけはかけても、王が視線をめぐらせるだけで、沈黙《ちんもく》してしまう。それほど王のすがたは狂気《きょうき》に駆《か》られた者特有の、恐ろしさに満ちていた。

「止めるでない！　近寄ることも、許さぬ！　黙って、婚姻の儀を見ておれ！　間違うて、一歩でも近寄ろうものなら、……こいつの首、俺の片手で縊《くび》れるほど、細いのだぞ？　わかっておろうな？　貴様らも、俺の命より、冴紗の命のほうが惜《お》しかろう？」

脅《おど》しておいて、王は前をくつろげる。

熱い、尊いものが、……いまは、凶器の様相《ようそう》を呈《てい》している。

「……愛らしいぞ、冴紗はの。…これを突き刺すと、……泣くのだ。甘えた声での。とろけるような声だぞ。いま、聞かせてやろうほどに」

恐怖と羞恥《しゅうち》に、冴紗はすでに意識が朦朧《もうろう》としていた。

「本来ならば、飾り毛ひとつ見せてやる気はせんがな。今日は特別だ。こいつがたしかに俺のものだという証明であるからな」

衆人環視《しゅうじんかんし》のなかでの行為、…ふたりきりなら甘えた声もだせたが、…いまだ王のものにしていただいてから数日、……たえられるものではない。

「…………あ…ぁ………」

あえかな、かぼそい声を発し、冴紗は意識を失った。

「羅剛王《らごうおう》っ！　お気持ち、我ら臣下、しかと拝見《はいけん》いたしてござる！」

次に意識が戻ったとき、はじめて耳に飛び込んできたのは永均《えいきん》の声であった。

数人が、王を取り押さえようと躍起《やっき》になっていた。

「もうおやめくださいましっ！　冴紗《さしゃ》さまが、…冴紗さまが、あまりにお気の毒でございます！」

宰相ですら、止めに入っていた。頭脳明晰《ずのうめいせき》ではあるが、少々気弱な男である。

「……今後のこと、…ご相談いたしましょう。ですが、冴紗さまを、……どうぞお隠しあそばして……」

冴紗《さしゃ》は、王の膝《ひざ》に載《の》せられていた。

背後から、脚を大きく広げられ、尊いものをいただく場所を、人々にさらし、…いまだ、楔《くさび》に刺《さ》し貫《つらぬ》かれたまま。

王は腰をゆらめかす。

赤子でもあやすように、冴紗を揺り動かしながら。

「………ん………」

意識が戻ると同時に、全身に快《かい》が走った。

「あ、……あ………い、や………ぁ…ぁ…………」

おのれのとらされている格好、腹部《ふくぶ》に散る白いもの、……楔は濡《ぬ》れた音をともなっている。王は幾度、冴紗のなかに放ったのか……いったいどれほど、自分はあさましいすがたを人々の前にさらしていたのか………。

「いや――――っ！　…あ…あ………ひどい……いや、もう、おゆるし…を……いえ、…いえ、もう殺してくださいましっ、……このような……」

錯乱状態《さくらんじょうたい》で叫ぶ冴紗。

王はようやく楔を抜いてくれた。

あふれる、白。

敷布《しきふ》に、脚を伝わって、床にも。

永均《えいきん》が素早く外套を脱ぎ、冴紗の下腹部《かふくぶ》を隠す。そして、恫喝《どうかつ》した。

「王！　我が命をかけても、お諫《いさ》め申し上げまするぞ！　このお方が、虹のお方であろうがなかろうが、あなたさまのなさったことは、人としての道義《どうぎ》に悖《もと》りまする！」

王は応えぬ。

どのような表情をなさっているのか。

このようなおぞましい行為のあとで。

重臣たちは、寝台のそばに半《なか》ば泣くような格好で平伏《へいふく》し、

「王っ！　冴紗さまを、おはなしくださいませ！　お約束いたします！　かならずや、…かならずや、御身と冴紗さま、おふたかたにとっての最善《さいぜん》をお探しいたしますゆえっ、…お心をしっかりお持ちくださいませっ！」

「会議をいたしまするっ！　いますぐ！　話し合いましょうっ、我らと、今後を！」

王はうなだれ、罪人《つみびと》のごとき様相《ようそう》で引かれて行った。

扉までの間、幾度も振り返り、なにか言いさし、唇を噛《か》む。

詫《わ》びたいのだか、冴紗《さしゃ》を責めたいのだか。

されたことのおぞましさも、恥ずかしさも、すべてが消え失せてしまう。そのような顔を見てしまうと。

「そなたらも、持ち場に戻りませい！」

永均《えいきん》が、人々を追い払うように扉の外に押し出す。

冴紗だけが、ぼんやりと寝台に座って居た。

瞼《まぶた》を伏《ふ》せてみる。

驚きと恐慌が過ぎれば、あとに残るのは、喜びのみ。

王のお気持ち、王の人目をはばからぬ行為、……本心では、うれしくてたまらぬ。そう思ってしまうおのれが、なによりもっとも、おぞましゅうてならぬ。

ざっ、と激しい音がした。

視線を投げると、人々を追い出し終えた永均が、片膝をついたところであった。

「……永均さま……」

苦渋《くじゅう》の謝罪《しゃざい》の言葉、

「申し訳っ、ござらぬ！　どうしてもっ、…どうしても、お止めできませなんだ！」

かるく首を振った。

「いいえ、……いいえ、…」

この男に隠していても無駄なこと。

「いいのです。ご覧になっていたのですから、おわかりになったでしょう。わたしは、……悦《よろこ》んでおりました。たしかに、…いえ、どなたのせいでもございませぬゆえ、」

静かな心地《ここち》であった。

「王に、お会いになりましたら、冴紗はうれしゅうございましたと、…みずからの口からお伝えできぬのが残念でございますが、…本心からお慕《した》い申し上げておりましたと、……そう、おっしゃってくださいませ」

「ご自害《じがい》なさる気ですな、冴紗さま」

低く咎《とが》められ、冴紗は薄く笑った。

「いいえ。わたしは神に仕える身でございますれば、みずからの手で死を選ぶことはできませぬ。永均さまにお願い申し上げようかとも思いましたが、…ご迷惑は必至《ひっし》。それであるならば、――わたしは、森に帰ります。わたしがいなくなれば、王はお妃さまを、」

永均は怒っているかのように、冴紗の話の腰を折った。

「誤解なさっておられるようじゃが、羅剛王《らごうおう》は、今後二度と、お妃さまを娶《めと》ることはでき申さぬ」

血の気《け》が引いた。

「……どういう、ことです……。わたしは、…男の身でございますれば、」

「いや。冴紗さまは真実をご存じないのでござろうが、…この国の掟《おきて》を、王はなんとおっしゃいました？」

「妾妃《しょうひ》は持たぬ決まりである、と……」

あわてて言葉を継《つ》いだ。

「ですが、わたしは妾妃とは、」

「いや。やはり誤解をなさっておいでだ。王は、じっさいには何人の妾妃、側女《そばめ》を持ってもかまわぬのでござる。真実の掟とは、……精《せい》を、お妃さまひとりに、差し上げるという、その一点のみ。それだけが、天に偽《いつわ》りなき、掟《おきて》でござる」

卒倒《そっとう》でもしそうであった。

ようやく、王の目論《もくろ》みが理解できた。

……あれだけの人の前で……。

冴紗に精を与えるところを見せつけたのだ。もう言い逃れもできぬ。

婚姻《こんいん》の儀《ぎ》。おまえの真似を。

王の言葉の真意も、いまならわかる。いまの行為は真実、婚姻の儀であったのだ。

またもや、星予見《ほしよみ》の予言は当たる。

羅剛王の御子は望めぬ。とうぜん王位継承権《おういけいしょうけん》は、王族でもっとも血の近い伊諒殿下《いりょうでんか》、そしてその子にと……。

冴紗は泣き崩れてしまった。

……わたしは、……わたしは、王のために死にたいなどと言いながら、けっきょく、王の一生を台無《だいな》しに……。

「永均さま」

きっとおもてを上げ、冴紗は願った。

「わたしを……殺してくださいませ！」

「冴紗さま！　なにを！」

「いいえ！　ほかに方法はございませぬ！　――王のことをお思いでしたら、どうか、その手でわたしを成敗《せいばい》なさってくださいませ！　さすれば、王に次のお妃さま、お迎えできるやもしれませぬ！　ありがたいことにわたしは男でございますれば、特別にお目こぼしいただけるやもしれませぬ！」

永均は首を振り、嘆息《たんそく》した。

ふいに、淡々《たんたん》と語りだした。

「王にだけは、忠誠《ちゅうせい》を誓《ちか》った際、お伝え申してござるが、……それがしの真名、『道を指し示す者』と申す」

はっとする冴紗。

永均はつづける。

「名に酔《よ》うてしもうたのか、…いや、おのれでは、王を想うて、国を憂《うれ》えて、…そのつもりでござったが、………いままでも、いささか、出すぎたことをいたし申した。虹《にじ》の禁色《きんじき》の件しかり、冴紗さま初陣《ういじん》のおりも、しかり、」

冴紗は傷だらけの騎士団長の顔を見つめた。

思い出してみれば、たしかにことあるごと、永均の助言があった。

「……初陣のおり……なにか、ご存じなのでございますか」

永均は苦しげに言葉を吐いた。

「御身を、あらゆる国が狙《ねら》っており申した。虹のお方出現《しゅつげん》の噂は、またたく間に世に広まり、……いや、王が取り乱されたのは、そのようなわかりきったことではござらぬ。それがしが吹き込んだあること、…それが、すべてのはじまりでござった」

冴紗には、まったく理解できぬ。

「あること、とはいったい…?」

王もよく似たような笑い方をするが、永均は、唇のはしだけ上げて笑った。

「おわかりに、なられませぬかな」

恐ろしい考えが浮かんだ。

「まさか、わたしが王のお命を狙っているなどという……」

「馬鹿な」

永均は、片頬《かたほお》で笑った。

「喜んで殺されましょう。王は、あなたさまにでしたら。――いや、それがしは、こう申し上げたのでござる。軍隊などという、性欲《せいよく》を持て余した荒くれ男どものただなかに、あの冴紗さまを入れ、戦場などで起居《ききょ》させる、まさか無事であると、そのような楽観視《らっかんし》はなさっておられませんでしょうな？　と」

冴紗は絶句《ぜっく》した。

以前は知らなかったために、恐ろしゅうはなかったが、いまは恐ろしい。王がしてくださったようなことを、他の男たち、それも複数にされてしまったら、発狂《はっきょう》してしまうであろう。

自嘲《じちょう》気味《ぎみ》に、永均は言葉をつづけた。

「さらに、こうも申し上げた。下士官《かしかん》たちの、冴紗さまを見る目つき、お気づきでござろう？　いまは、あの程度でござる。冴紗さまもお若い。だが、あと幾年かしたら、冴紗さまは、すべての男の心を虜《とりこ》にする。――そうなったとき王よ、どうなさる？　と」

薄ら寒い思いに捕《とら》われた。

それを聞けば、わかる。王のあのときの行動も。

あの方は、……ひどく独占欲《どくせんよく》が強い方であるから。冴紗の考えを察したかのように、永均は苦笑《くしょう》した。

冴紗さま。ほんとうに、……あなたはなにもわかってござらぬの」

「なにが、です」

「ご自身の価値も。魅力も」

今度は、冴紗のほうが苦笑した。

そのようなものは、知らぬ。持っておって価値のあるものならかまわぬが、反対に不幸のほうが多かった気がする。

「よって。あなたさまをお断りできる男など、この世におり申さぬ。――それがしも、会議に出ねばならぬので、これにて失礼つかまつるが、……『道を指し示す者』の真名にかけて、いま一度、出すぎたことを申し上げる。――どうぞ冴紗さま、お心やすらかに。我らと王をお信じくだされ。かならずや、最善策《さいぜんさく》を考え申すゆえ、けして、けっして、早まったことは、なさいますな」

永均はそう告げ、頭を下げたのである。

……王よ。

いとしき、我が王よ。

だれもおらなくなった部屋で、冴紗《さしゃ》はつぶやく。

「星が、動いてしまいまする」

星予見の読んだとおりに。

「やはり、…わたしが、…わたしこそが、あなたの運命を狂わせてしまったのでしょうか
……。わたしが世にでなければ、…すべてがうまくいったのでしょうか……」

永均《えいきん》はああ言ったが、冴紗の決心は変わらぬ。

大国侈才邏《たいこくいざいら》の国王が、お妃さま無きまま生涯を終えるなど、けしてあってはならぬこと。

近隣諸国《きんりんしょこく》を抑《おさ》え、帝国にならんとする矢先《やさき》、どれほどの障《さわ》りとなることか。

すこしだけ、美優良王女《みゆらおうじょ》を、お恨みしてしまいそうであった。

気高《けだか》く凛々《りり》しい羅剛王《らごうおう》よりも、あの平凡な青年を選ぶとは。

涙があふれそうになるのをこらえ、冴紗は支度をはじめた。

竜舎《りゅうしゃ》へ忍び込み、飛竜《ひりゅう》を一頭借り、神殿まで逃れるつもりであった。

……たぶん、王女たちは、神殿に向かったはず。

さきほどの騒動のあと、和基《わき》たちが無事かはたしかめておらぬが、永均や宰相たちが、しっかりと取り計らってくれたであろう。

「……羅剛……」

会議の間は、あちら。

冴紗は頭を下げる。

いまごろ、臣たちに責められているに違いない。宮殿内もざわついたまま。竜を盗みだすなら、いましかない。

まことに、自分が神の御子であったなら。

冴紗ははじめて、そう思った。

命かけて、王の行く末、この国の行く末、幸多《さちおお》かれと、お祈りいたしますものを。

それでも、口にだして唱《とな》えてみる。

「王よ。御身に、神の祝福を」

冴紗《さしゃ》は幸せでございました。

あなたにかわいがっていただけて、ほんとうに、うれしゅうございました。

X　祈り

「冴紗《さしゃ》さまっ！」

飛竜のはばたきの音を聞きつけ、屋上《おくじょう》にでてきた神官たちは、竜の背に冴紗を認めると歓喜《かんき》の声をあげた。

「よくぞご無事で…！」

「王に攫《さら》われてしまったのち、我ら一同、心配で心配で……」

感極《かんきわ》まり、泣きだす者さえいる始末。

ご高齢ゆえ、階段の昇り降りのきつい最長老さまですら、おでましになっている。

「……ああ、ほんとうに……これで安心です。ご無事でなによりでございます」

和基《わき》、王女たち。嬉《うれ》し涙に咽《むせ》んでいるみなを見て、冴紗こそ胸を撫《な》で下ろした。

……美優良王女《みゆらおうじょ》さま、やはりこちらに逃げていらしたのですね。

修才邏《いざいら》の事情、崢嶮《そうけん》の事情、さまざまな人の思惑《おもわく》があったとしても、王女と恋人が想い合っていることだけはたしかなのだ。報《むく》われぬおのれの恋の代わりと言うては差し障《さわ》りがあろうが、なんとしても、おふたりにだけは、幸せな未来を築いてほしかった。

「申し訳ありませぬ。みなさまには、ほんとうにご心配をおかけいたしました」

竜の背で詫びながら、冴紗の心は痛む。

歓喜している神官たちには悪いが、和基たちの無事をたしかめられたいま、ときを置かず、神殿を出ていく心づもりであったのだ。

王宮での会議が、どれほどかかるかはわからぬ。しかし部屋に戻り、冴紗が居《お》らぬことがわかれば、王はかならずこちらに向かってくる。それより先に、逃げねばならぬ。

逃げて、どこぞの森に着いたら、髪を切り、身を隠すつもりであった。

問題は瞳であるが、それも、さして迷うことなく決めていた。

潰《つぶ》してしまおう、と。

さすれば、もうだれも冴紗のことはわからぬ。昔のように、ちいさな畑を作り、木の実、果実《かじつ》を食《しょく》し、生きてゆけばよい。

ありがたいことに、最低限の生活のすべだけは、幼いころ両親が教えてくれた。ひとりで生きてゆくのも、さほど困難《こんなん》ではなかろう。

だが、たったひとつ。

冴紗にはわかっていた。いつまでも自分を苦しめるであろうこと。

……きっとわたしは、どこに居《い》ても、どのようなときでも、王を思い出してしまうでしょう。

あの方の熱い身体、熱い吐息《といき》。抱き締めて、ささやいてくださる、やさしいお言葉。

そして、幾度も重ねた唇。…なにより、あの方を受け入れた場所が、…尊《とうと》い精をいただいた箇所《かしょ》が、冴紗をつねに苦しめる。

いまでも、疼《うず》くよう。

きっと、ついの剣を求めて泣き叫ぶ鞘《さや》のように、つねに王の剣を求めて餓《う》えるのだ。たとえ、この身が灰になろうとも。

……それでも、…ありがたいと、冴紗は感謝いたしております。

ひとときでも、お情けをいただけて、幸せでございました。花の宮での数日間は、生涯の宝物となりました。どこへ行っても、冴紗は御身だけをお慕《した》いいたしております。

いつまでも竜から降りぬ冴紗《さしゃ》を見て、神官たちの表情に訝しげな色が混ざりはじめていた。

「……冴紗さま、…どうかなさったのですか…?」

「お疲れでございましょうに。さ、お降りになって、ごゆるりと」

冴紗は和基《わき》を見た。

みなに告げていないのであろうか。冴紗がすでに清童《せいどう》ではなくなったことを。

「冴紗さま」

つと、最長老が歩み寄り、手を差し伸べた。

「あなたさまの逡巡《しゅんじゅん》、ご理解申し上げておるつもりです。…ですが、私どもは、なにがあろうとも、お身以外、崇《あが》める気はございませぬ。あなたさま以外に、神の御子はいらっしゃいませぬ。…いえ、あなたさまが虹のご容姿でなかったとしても、私どもは、そのお心ばえのうつくしさを、敬愛《けいあい》しております。——どうぞ、お降りください。そして私たちにも、お身さまのご苦労、わずかなりとも背負わせていただきたい」

「……最、長老さま……」

神官たちからも声があがった。

「今度こそ！　しっかりお守りいたします！」

「ご安心ください！　お身も、王女さま方も！　…ですので、どうか、私たちの気持ちもお察しください、冴紗さま！」

冴紗は恥じた。

神官たちの言うとおりであった。

おのれのことばかり、想い悩《なや》んで、神殿の方々の苦悩《くのう》に思いいたらなかった。

この状態で冴紗が行方《ゆくえ》をくらませたら、のちのちどれほど人々が苦しむか。

「ですが、…ですが、……わたしがここに居ては、」

必死の言い訳は、最後まで冴紗の口から出なかった。

なんとなれば、――あの、聞き憶《おぼ》えのある音が、耳に飛び込んできたからだ。

……飛竜……!?

一同の顔に、一瞬にして緊張《きんちょう》が走った。

「まさか、…もう……」

おのが指先で唇を押さえ、冴紗は声をあげた。

早い。まさかこれほど早く追いつかれるとは思わなかった。

考えてみれば、騎竜《きりゅう》に慣れておらぬ冴紗のこと、本人は精一杯飛ばしたつもりでも、のろのろしていたのであろう。王の飛竜にかなうわけなどなかったのだ。

だが。

よくよく聞いてみると、はばたきの音はひとつではない。

ばさっ、ばさっ、と。

まるで、竜騎士団が総出《そうで》でやってきたかのように。

にわかにかき曇《くも》る空。

いや、それほどの竜が、こちらに向かって飛んで来るのだ。

狼狽《ろうばい》していた冴紗だが、あわてて竜を降り、王女さまのもとへ駆《か》け寄った。

「お逃げくださいっ、美優良王女《みゆらおうじょ》さま!」

呆然《ほうぜん》と見つめ返す、王女と従者。

「どうぞっ、あなただけは、お幸せにお暮らしください！　羅剛王《らごうおう》のことをお慕いしていらっしゃるなら、わたしもこのようなこと申し上げませぬ！　ですが、あなたさまには、そちらの恋人がいらっしゃる」

涙ながらに、冴紗は訴《うった》えた。

「それに、これはわたしのわがままでございますが、…王には、心より想い合ったお方と添《そ》うていただきたいのです！　あの方には、ほんとうの幸せをつかんでいただきたいのです！　申し訳ありませぬっ、……あなたがほかの方を想うていらっしゃるなら、……どうか……」

「冴紗さま…」

王女も、涙ぐみながらうなずいていた。

「ええ。そもそも、私が嫁《とつ》いできたこと自体、間違いだったんです。…さきほど、羅剛王がおっしゃったこと、そのまま、……父は、…知らなかったのです。見たことがなかったのです。ほんとうの虹色というものを。ですから、私が生まれた際に、嬉しさのあまり吹《ふい》聴《ちょう》してしまって……こちらこそ、お詫びする機会がなく、心苦しく思っておりました」

冴紗は王女を急《せ》かした。

「いえっ、…お話は、いずれまた。一刻も早く、お身をお隠しに！」

そう言うたが、――ときすでに遅く、竜は間近に！
天を見上げていた神官たちが、騒《ざわ》めいていた。
お衣装が、という声を聞き、冴紗もはっと天を見る。
……あれは……！
普段の騎士団の服装は、地味な軍服である。
であるのに、本日は、全員が純白《じゅんぱく》。
遠目《とおめ》でも、あでやかな錦糸《きんし》が見てとれる。
冴紗は狼狽《ろうばい》のあまり、あとずさっていた。
……正装《せいそう》！　……いえ、…違う、…あれは、……騎士団の、あのお衣装は………。
王宮暮らしをしていた冴紗にだけは、わかったのだ。聞いたことがあったのだ。
純白は、ただの正装ではない。
あれは、……婚礼《こんれい》を祝う衣装だ。
見る間に飛竜たちは近くなり、一頭、また一頭と、神殿に降り立つ。
怯《おび》えて、だれも身動きひとつとれぬ。
つねはてんでに降りる竜たちが、本日はきっちりと隊列《たいれつ》を作っている。
中央、最後に降り立つ、金色《こんじき》。
むろん、羅剛王である。

「……あ………あ……」

冴紗の口は絶望を吐いていた。

王の手にあるのは、銀の冠《かんむり》、銀の肩掛《かたか》け。

思わず振り返り、美優良王女を見る。

では、会議の決定が出たのだ。やはり、正式に王女をお妃さまに、と。

刺されるような痛み。

そして、後悔。

逃がして差し上げたかった。あと一瞬でよかったのだ。王が降り立つ前に、王女たちをこの屋上から、階段へと逃がしていれば。

……ああ……。

これが決定か。これが最善の策であるのか。

堅《かた》く瞼《まぶた》をつぶり、冴紗は、祈るかたちで両手を組んだ。

見たくはないと、それぐらいであるならば、生涯神殿の奥底《おくそこ》で眠っていたほうがよいと、そこまで思い詰《つ》めた場面を、いま目にしなければならぬ。

恋しいお方が、他の方の手をとる、その瞬間を。

瞼を閉じる前に飛び込んできた映像が、なおさら痛い。

つねの黒衣《こくい》ではない、煌《きら》めく金色のおすがた。

堂々と歩み寄る、気高き修才邏国王《いざいらこくおう》。

あと数歩。

あと、ほんのなん歩かで、王は美優良王女のもとへたどり着く。

……天帝《てんてい》さま！　いまここで、わたしを殺してくださいませ！　後生《ごしょう》でございます！

いかずちでも落とし、わたしを焼き殺してくださいませ！

恋しいお方の幸せを願えない、心の醜《みにく》いわたしには、それがもっともふさわしい罰《ばつ》でございますれば。


「聖なる、銀の月よ」

王は、正式な婚姻の言葉を唱《とな》えはじめた。

「修才邏国王《いざいらこくおう》、羅剛《らごう》、いまここに、冀《こいねが》う。——我が手をとりたまえ。永遠の妃《きさき》よ」

まわりは、水をうったように静かであった。

美優良王女《みゆらおうじょ》も、なにも応えぬ。黙りこくったままである。

冴紗は、ついに両手で顔を覆《おお》ってしまった。

このまま、目も耳も潰れてしまえばよい。さすれば、なにも見ずにすむ。なにも聞かずにすむ。

冴紗《さしゃ》は、心中《しんちゅう》で叫んでいた。

……虹の容姿をお授《さず》けになったのなら、…なにゆえ！　なにゆえ、そのわたしに、このような酷《むご》い仕打《しう》ちをなさるのですか、天帝さま！

「応えよ」

王の声に、いらだちが交ざった。

「ふたたび、尋ねる。聖なる銀の月よ、我が手をとりたまえ」

それでも。

王女は返事をしない。

息づまる間であった。

目をつぶっていても、王のお怒りが増してきているのがわかった。

王はついに、怒鳴った。

「どうなのだっ！　応えよ、冴紗っ！」

……え……？

反射的に、冴紗《さしゃ》は目を開けていた。

そうして瞠《みひら》いた冴紗の瞳には、――美優良王女にではなく、自分にむけて手を差しのべている、王のすがたが映《うつ》ったのだ。

「冴紗！　嫌なのかっ!?」

驚愕《きょうがく》のあまり、ことがまったく理解できぬ。

「…………なにを……。わたしは、……美優良王女ではございませぬ……」

王の顔に険《けん》が走る。

「当然だ！　なにをふざけたことを言うておる！」

ふいに王は、冴紗の前で片膝ついた。

「では――いま一度尋ねる！　聖なる、銀の月よ。…………頼む。どうか……我が手をとってくれ……！」

途中からは、哀願《あいがん》の口調。

冴紗は戸惑うばかりだ。

荒ぶる黒獣《こくじゅう》と恐れられた羅剛王《らごうおう》が、人前で膝を折るとは……。


救けを求めるために、冴紗《さしゃ》はまわりを見回した。

王の背後に、永均《えいきん》のすがたも見える。

最長老、長老たち、和基《わき》、神官たち、…振り返り、美優良王女《みゆらおうじょ》、恋人の青年にまで、冴紗は視線をめぐらせた。

しかし、だれの顔にもこたえは出ておらぬ。

いや、出ては、いた。

出てはいたが、……それはとうてい従《したが》えるものではなかった。

ここで王の手をとってしまったら、神殿や民を裏切ることになる。自分は幸せになれても、人々を切り捨てねばならぬ。それであったら、なんのためにいままで、せつない恋心を抑《おさ》えてきたのか。

永均などはしきりに視線を合わせ、王の手をとれ、と促すが、……それでも冴紗は動けぬ。

そのとき。不思議に明るい声が、かかった。

「美優良王女さま！」

驚いたことに、冴紗の後ろにいた王女が、冴紗にむかって、そう言ったのだ。

「わがまま、言ってはいけません。さきほど、私に言ってくださいましたよね？　幸せになってほしいと。それから、羅剛王には、心より想い合った人と添《そ》うてほしいと。――それなら、あなたさまこそ、そのお方ではありませんか！」

王も、驚いたように瞠目《どうもく》していたが、――ゆっくりと、唇に笑《え》みを刻《きざ》んだ。

「良いことを言う。…おまえは、王女の下女《げじょ》か？」

美優良王女は、すぐさま応えた。

「はい！　…はい、そうです！　下女でございます！」

王は、言葉をつづけた。

「では、下女どのは、国に帰られるがよかろう。そこの、恋人らしき男といっしょに、な——王には、『羅剛は、良い妃をいただけて大変喜んでいる』と、伝えてくれ」

冴紗だけは、首を振った。

「……いいえっ、…いいえ、…なにをおっしゃっているのです、おふた方とも……」

そのようなことが許されるわけがないではないか。

自分が、美優良王女の身代わりとして、入内《じゅだい》など……。

「私も、少々口をはさんでもよろしいか、王よ？」

最長老の声であった。

「おお。なんなりと申せ」

王の声には喜びがあふれている。

最長老は一度深く頭を下げ、

「ご婚礼のよし、神殿の者たち、心よりお慶《よろこ》び申し上げます。——そちら、美優良王女とおっしゃる方、」

そう言って手で指し示したのは、冴紗である。

「聖虹使《せいこうし》になられる冴紗さまと、たいへん似た面差《おもざ》しのお方、…やはり、虹のお方どうしは似たところがございますようですな。男の方とも女の方とも見分けがつかぬ、じつに神々《こうごう》しく麗《うるわ》しいお顔立ち、王妃さまの銀服《ぎんぷく》も、さぞかしお似合いでしょうな。……ああ、ですが冴紗さまは、つねは仮面をおつけなので、民などはようわからぬと存じますが」

のんびりと、…むろん、わざとであろう、最長老は祝辞《しゅくじ》を述べた。

冴紗は胸の動悸《どうき》を止められぬ。

……もしや……最長老さまは、わたしに二役《ふたやく》をせよと、…そうおっしゃっているのでは……。

じっさい、十五で神殿にあがってから、冴紗は人前ではつねに仮面をつけていた。素顔を知っている民はおらぬ。最長老の言うとおり、やってできぬことではないのだ。

ふん、と王は心底《しんそこ》愉快《ゆかい》そうに笑った。

「たしかに、似ておるの」

最長老も笑みを浮かべる。

「はい。そして、冴紗さまともお親《した》しいご様子、…であるならば、神殿からも、いくつかお願いがございますが、…よろしいかな」

こらえきれぬように低く笑いながら、王は許した。

「なんでも申せ」

「では、――王と王妃、おふた方の新宮《しんぐう》、大神殿のそばに、お造り願いたいものですな。それであれば、お親しい王妃さまと冴紗さま、頻繁《ひんぱん》にご交流できましょうから」

「ほう。よい考えだの」

長いあごひげを撫《な》でながら、少々とぼけたふうに、最長老はつづける。

「あとは、法の改正、ですかな。聖虹使《せいこうし》になられるお方に、酷《むご》い手術などは、…なんと申しましょうか、いまの時代にそぐわぬ悪習《あくしゅう》でございますからな。お身が清《きよ》いかどうかなども、…やはり悪習と申すほかございませんな」

はっはっはっ、と王はついに高笑《たかわら》いをはじめた。

「古《ふる》だぬきめ。俺はおまえをみくびっておったぞ！　なかなかあなどれんじじいであったのだな！」

最長老はこうべを垂《た》れる。

「お誉《ほ》めにあずかり、光栄ですな。それでは、こちらからのお願いは、叶えてくださいますかな？」

「俺はかまわぬ。さ、」

冴紗と言いかけ、王はあわてて言い直した。

「こちらの、な、…美優良王女、――そう、こちらの、許可があればな、なんでも許してつかわすぞ！」

呵呵大笑《かかたいしょう》していた王は、ふたたび冴紗に視線を戻した。

「ということだ。王女。俺の、…」

瞬時に変わる表情。

不安。

怯《おび》えと。

胸が痛くなるほど、そのような色を浮かべ、王は問うた。

「……すこしでも、…ほんの、わずかでも、……俺のことを、哀《あわ》れと思うてくれるなら、……頼む、俺の妃《きさき》になってくれ。臣も説得《せっとく》した。神殿も、こうやってわかってくれた。…差し障りは、もうなにもないのだ。それでも……厭《いや》か……？　俺のことなど、」

「哀れだなどと！」

気づくと冴紗は、身をふるわせて叫んでいた。

「哀れだなどと、一度たりとも思うたことはございませぬっ！」

さしゃ、…と王の唇が苦しげに動く。

違う意味にとったことはわかったので、即座に冴紗は言いつのった。

「命かけて、…お慕いしております！　わたしのこれほどの想いを、…これほど、焦《こ》がれておりますのに…！」

喜びで、気が狂うてしまうかもしれぬ。

ようやく、おのれの口で、この言葉が言える。

「愛して、…おりました。お逢いしたときより、……申し訳ございませぬ、王としての敬《けい》愛《あい》に隠し、こらえておりました。最初から冴紗は、…御身《おんみ》を、男の方として、想うておりました。これまでも、これからも、冴紗は命かけて、……御身をお慕い申し上げます」


「すまぬ」

抱き締めてきた熱い手の持ち主は、冴紗《さしゃ》の耳元、感極《かんきわ》まったように詫《わ》びた。

「おまえの苦しみを、…俺はわかってやれなんだ」

いいえ、いいえ。

それでも、お慕いいたしておりました。

どれほど、どれほど、あなたを想っていたか。いま、どれほど冴紗がうれしいか。

すがりつき、はじめて自分から王に抱きつき。

冴紗は涙した。

「………羅剛《らごう》………」

声にならぬ。なにも。

「よい。…よい、冴紗。俺の手をとってくれただけで、……俺は、天にも昇《のぼ》る心地ぞ」

髪を撫でるやさしい王の手。

ともに泣き濡《ぬ》れてくださる、いとしいお方。


頭上に、銀の宝冠《ほうかん》。

肩からは、銀の肩掛け。

王はふたたび膝をつく。

冴紗《さしゃ》の足にくちづけし、婚姻の詔《みことのり》を唱える。

「聖なる銀の月。御身に、永遠の愛を誓《ちか》う。受け取りたまえ、我が妃よ」

ふるえる声を懸命《けんめい》に絞《しぼ》りだし、冴紗は返答を。

「………はい、…はい……うれしゅうございます。…お受けいたします聖なる、金色の太陽、……我が、王よ」


膝をついたまま、王は号泣《ごうきゅう》していた。

幾度も冴紗《さしゃ》の足にくちづけ、肩をふるわせ、滂沱《ぼうだ》の涙を流す。

冴紗の瞳からもあふれて止まらず、――金と銀の婚礼衣装は、ふたりの歓《よろこ》びの涙に濡れることとなった。

## XI　花の褥《しとね》

麗《うるわ》しの、銀の月よ。

王は熱に浮かされたように、幾度も冴紗《さしゃ》に語りかける。

人々に許された初夜《しょや》の褥《しとね》。

花の宮は、あふれんばかりの花で飾られていた。

大喜びで出迎えた女官《じょかん》たちは、すべて婚礼《こんれい》を祝う純白《じゅんぱく》の衣装。

意味を悟《さと》り、冴紗は静かに涙した。

「……いつから……このような……」

王騎士団の衣装は、美優良王女《みゆらおうじょ》さまお迎えのため用意されたと納得できたが、花の宮は、王と冴紗だけが住まう宮。女官たちの装《よそお》いは、あきらかに冴紗を迎える純白だ。それも、一朝一夕《いっちょういっせき》では用意できぬ凝《こ》った支度《したく》、…ならば幾月《いくつき》、幾年《いくとせ》も前から、この日のために用意していたことになる。

「俺が命《めい》じたのではない」

王の声もふるえていた。

抱き締め、王は冴紗にささやく。

「わかってくれたか…？　おまえを望んでいたのは、俺だけではないぞ？　みな、おまえを待っていた。おまえが晴れて、俺の、真実の、『銀の月』となる日を」

どれほどの人々の想いをいただいて、いま、自分たちが花の褥に入れるのか。

「王さま、冴紗さま、おめでとうございます！」

降るような女官たちの祝福を浴びながら、王に肩を抱かれ、寝室へむかう。

扉を開けると、そこにも、あまたの花。

そして金と銀。

泣きつづける冴紗を、王はただやさしくいだいてくれる。

「果報者《かほうもの》だ、…俺はの。いままで、そのようなこと、思うたことはなかったが、……おまえがこの手に居《い》ってくれるなら、俺はあらゆるものに感謝することができる」

冴紗、と恋《いと》しい人は、うながす。

「……肌を、合わせて、くれ」

ひどく率直《そっちょく》な物言《ものい》いが、王の渇望《かつぼう》の激しさを物語っていた。

それから、と苦しそうに言葉をつづける。

「………すまなんだ。…おまえを……俺は、みなの前で……」

詫《わ》びたいことはわかったので、先に冴紗は言った。

「わたしこそ、…申し訳ありませぬ。うれしゅうございましたと、…たしかに恥《は》ずかしゅうございましたが、……お情けをいただけて、幸せでございましたと、……あのとき、申し上げたかった……」

「……冴紗……」

王の瞠目《どうもく》が、うれしい。

「申し上げられませんでしたこと、いままで、たくさん、たくさん、ございまする。…お許《ゆる》しください。それでも、…言うわけにはまいりませんでした。わたしには、許されておりませんでした」

王はこらえきれぬ様子で、くちづけてきた。

「――許す。…これからは、なんでも話せ。この唇《くちびる》で、…二度と嘘《うそ》などつくな」

はい。

我が王よ。

二度と嘘などつきませぬ。

あなたの命だけが、わたしを縛《しば》り、わたしを放免《ほうめん》するのです。

黒い獣《けもの》の夢を見ました。

幾度《いくど》も、幾度も。

冴紗《さしゃ》が言うと。寝台に押し倒しながら、それは俺であろうな、と王は笑う。

「眠っておるときだけではないわ。俺は起きても、夢うつつにおまえの幻《まぼろし》を見た。こうやって肌《はだ》をまさぐり、口では言えぬほどの辱《はずかし》めをくわえて、おまえを、……犯《おか》した」

冴紗の衣服を引き裂《さ》くように脱がせていく。

王の肌は熱い。

さわられた箇所《かしょ》から、炎が身体に燃え移る。

「……愛《あい》らしいのう、冴紗」

王は、冴紗のあらゆる箇所に、いとしげなくちづけを与える。

「陶器《とうき》のようだ、おまえの肌は。すべらかで、白い、…だが、くちづけると、色が変わるのだ。ほんのりと、内から灯《あか》りでも点《とも》したように、薄桃《うすもも》にな」

冴紗はかぶりを振った。

花の褥《しとね》で肌を曝《さら》し、王のくちづけを受けて、もうすでに羞恥《しゅうち》の箇所が熱くてたまらなかった。

「……王、……もう、……おやめくださいませ……」

上からのしかかり、顔を覗《のぞ》きこみ、王は尋《たず》ねる。

「なぜだ? 言うてみい。嘘はつくなと、さきほど命じたぞ?」

意地の悪い問い掛けをしながら、しかし瞳《ひとみ》は愉快《ゆかい》そうに笑っている。睦言《むつごと》の甘やかさ。

冴紗もわずかばかりは大人になったので、王の意図《いと》することが理解できた。それを素直《すなお》に言うことが、王を歓《よろこ》ばせることだと、恥ずかしい言葉を、冴紗は必死につぶやく。

「……熱いところが、……ほかに、ございますれば……」

「ふん。それはどこだと?」

恥ずかしさにたえきれず、睫《まつげ》を伏せてしまうと、王は噴《ふ》きだした。しばらく笑ったのち、ふいに真摯《しんし》な口振りになる。

「幾度見ても、…夢のなかのおまえは、これほど愛らしゅうはなかった」

冴紗の頬《ほお》にくちづけを落とす。

「実物のおまえは、俺が想像していたよりさらに、かわいらしゅうて、………俺はの、俺の言葉で頬を染めるおまえなど、…想像もできなんだ」

うっすらと瞼《まぶた》を押し上げてみれば、せつなげな王の瞳。

「仮面を、しておりましたので。…ですが、いつも心ふるわせておりました。ひとことでも、おやさしい言葉をかけていただきたくて……」

涙ぐんでしまった冴紗を見て、王は少々狼狽《ろうばい》ぎみに、

「わかっておろうに。おまえと離れていて、苦しかったのだ。おまえは手の届かぬ神の御《み》子《こ》で、…とりすましながら、俺の想いを嘲笑《あざわら》っているのかと、」

言葉を、王は即座《そくざ》に言い直した。

「いや、…悪かった。おまえが、そのようなことをするわけがない。俺の勝手な思い込みだとわかっておる。だが……いとしくて、いとしくて、胸が張り裂けそうであったのだ。おまえを手に入れる方法が見つけられずに、…刻《とき》ばかりが経っていった。狂い死ねたらどれほど楽かと、…いつも思うておった」

おずおずと、冴紗は手を伸べ、王に抱きついた。

「……さしゃ……」

王のお心が痛い。

離れていて苦しいのは、おのれのみだと思い込んでいた。

懸命《けんめい》に羞恥をこらえ、冴紗は王の手を引いた。

もっとも恥ずかしい場所へ。

「………ここを、……冴紗の、…ここを、あなたさまのお手で、…なぶってくださいませ……」

あ、あ、あ。

おのれのしでかしたことだというのに、冴紗は身悶《みもだ》えた。

全身におののきが走る。むろん、快《かい》に満《み》ちた。

「……あっ……く……っ……」

唇が心を裏切る。淫らな声が洩《も》れてしまう。押しあてられた手の熱さに、足のあいだがとろけそうだ。

うっとりとしたような声、

「……恥ずかしいのか、冴紗…？」

「………はい、…はい、…恥ずかしゅう、ございます…」

「よく熟《う》れておるがの」

「……ですから、…恥ずかしいので、ございます……」

王の舌先が、眦《まなじり》から流れつづける冴紗の涙をすくい取る。

「だが、の、…おまえを地上に引き摺《ず》り堕《お》ろしてしまった、穢《けが》してしまったと、そう思うておったが、――いまのおまえは、清童《せいどう》のころよりも、さらに清《きよ》らかに見える。目が眩《くら》むほど、美しい」

大きな手に握《にぎ》り締められ、こすられ、冴紗の恥ずかしい器官《きかん》は歓喜《かんき》にうち震《ふる》えていた。

「ねだってくれ、さしゃ」

声が跳《は》ねあがってしまう。

「……なにを…で、ございますか…」

王の手が、わずか、それた。

「ここに。俺が欲しいと」

「……ぁ…ぁ、あぁ……」

思わず、逞《たくま》しい褐色《かっしょく》の胸に顔を埋め、冴紗はあえいだ。

涙があふれて、止まらぬ。

あの少年の日、漆黒の君を拝《はい》して、――十の年月《としつき》。

王であるこの方ではなく、たしかに男の方として、冴紗は恋していた。

脳裏《のうり》に苦しかった日々が蘇《よみがえ》る。

……ただただ、苦しいだけの恋でありました。隠《かく》して、こらえることしかできぬ日々でございました……。

嗚咽《おえつ》が唇をつく。

両の手で顔を覆《おお》い、冴紗はさめざめと泣いた。

「冴紗……。それは、俺を想うてくれての涙か…？」

戸惑《とまど》いがちの問いかけに、冴紗は静かに応《こた》えた。

「………はい。…苦しゅうございました。せつのうございました。わたしも、……あなたさまのお手にかかって死ねたらと、幾度も思い詰めました。このような、……いまでも信じられませぬ。夢のようで……」

見上げれば、むろん王の瞳にも涙。

「俺は、……おまえのためなら、世界でも獲《と》ってやる。おまえの真名《まな》が、嘘偽《いつわ》りのない真実《しんじつ》になるように」

「いいえ」

手を伸《の》べ、王の涙に指先で触れ、冴紗は応えた。

「なにもいりませぬ。もう十分でございます。わたしのために、御身《おんみ》はお子も持てませぬ、……それなのに、冴紗を望んでくださったことが、……心より、…心より、ありがたいことだと、幸せなことだと、感謝しております」

「……さしゃ……」

「冴紗の望みは、…ただ、おそばにありたいと、それだけでございます。御身のおそばで、命果《は》てるまで、お仕《つか》えしとう、ございます。…いえ、命果てても、おそばに居《お》りとう、ございます」

冴紗の手を掴《つか》み取り、王は指先にくちづけた。

「あいもかわらず欲のない」

涙に濡《ぬ》れたままの失笑《しっしょう》に、冴紗は言い返した。

「いいえ、…わたしほど欲深《よくぶか》な者はいないと、本人は思うておりまする」

「ふん。なら、申してみよ」

尋ねられ、唐突《とうとつ》に沸《わ》き起こった羞恥に、冴紗は沈黙した。

王の目が細められる。

「……ねだれるか、冴紗。その愛らしい唇で、…俺をねだってくれるか」

どこか気弱な問いかけに、冴紗は懸命に勇気を振り絞《しぼ》った。

いまこそ、恋しいお方に、伝えなければ。

ながのあいだ誤解をさせてしまった。

いくら恥ずかしい言葉でも、このお方が望むなら。

「……それ、では、……尊《とうと》い、お腰の剣《けん》で、……冴紗を刺《さ》し貫《つらぬ》いて、くださいませ。

冴紗を、…どうぞ、かわいがって、くださいませ」

ふるえながら、ようようそれだけ口にすると、あまりの恥ずかしさに、冴紗は顔を覆ってふたたび泣きだしてしまった。

「おまえの羞恥、…愛《め》でようぞ。…おまえの言葉は、蜜《みつ》よりも甘い」

感極《かんきわ》まったようにつぶやくと。

王は腰にみなぎる剣で、冴紗を貫いてくださった。

「……あ…あぁ……」

激しい陶酔《とうすい》のなか、王のお声を聞いた。
永遠の愛を捧《ささ》げる。
聖なる、我が銀の月よ。
身の内を荒れ狂う快に酔《よ》い痴《し》れながら、冴紗も必死に返していた。
「………わたしも、……御身に、永遠の愛を、お捧げいたしまする」
いとしき、我が王。
気高《けだか》き偉才《いざい》邏国王陛下《らこくおうへいか》。
御身に、とわの忠誠《ちゅうせい》を。

# あとがき

皆さまこんにちはー！　ガッシュ文庫さまでは初めて書かせていただいた吉田珠姫《よしだたまき》と申します！　どうぞよろしくお願いいたします！

で、じつはこの話、十年くらい前にプロットを書いていたんでございますが、——今回改たに手を加えてみて、あ、あらやだ、…私ったら昔から暑苦しい攻が好きだったのね、…と、ちょっと愕然《がくぜん》といたしました（笑）。暑くて、受け子ちゃんにメロメロのベタベタ、それも今回は『王さま』なもんで、さらに傲慢《ごうまん》でパワフルです。…困ったもんです。

ところで今回はファンタジーBLなので、話し言葉などもけっこう苦労したんですが、…なにしろ一番苦労したのが、漢字変換でございました。吉田は古っ〜〜〜いワープロを愛用しているので、なかなかすごい変換が……。

冴紗《さしゃ》の決まり文句のような言葉が、まず毎回、

「お死体いたしております」

と出る……………。

吉田の脳裏《のうり》には、即座に『死体のフリをして、白雪姫みたいに、ガラスケース内、花に囲まれて横たわる冴紗』の姿が浮かんでしまう〜〜〜（苦笑）。

「……い、いや、冴紗、……お死体はよせっ、お死体は、……なっ？」

と、妄想《もうそう》の冴紗を必死で止めると、天然入ってるような冴紗が、起き上がってほわほわと尋ねてくるんでございます。

「では、押したい……でございますか……？」

「……い、いやいやっ、押すのもよせっ。……押すのも、な？　……いや、引きゃあいいってもんでもないけど……」

とかいってる間に、今度は永均《えいきん》が、

「王っ、ゴム帯はおやめくだされっ！」

と大声で叫んでいるっ！

いやぁぁぁ〜〜！　黒マントの下、ゴムでできたフンドシみたいなの一丁の、ほとんどすっぱだかの羅剛王《らごうおう》の幻が見えるぅぅ〜〜〜〜！（泣）それじゃあ変態男よ〜〜〜！

頭を掻《か》き毟《むし》りながら、今度はそっちの妄想にも必死で、

「…………ら、羅剛《らごう》、……ゴ、ゴム帯をする男は、……嫌われると思うぞ……？　うん。たしか

に、よしたほうがいいぞ？　…うんうん」

冴紗なら、ゴムフェチ男でも「お慕い」してくれるとは思うけど、……いやだわ、真面目なラブストーリーのはずなのに、どうしてこんなお笑い変換するのよ、うちのワープロは、とブツブツ文句を言いながらも書き進め、……な、なんとか仕上げました……。

とにもかくにも、皆さまにお楽しみいただければ幸いでございますっ。


さてさて。

吉田は年4回、『吉田通信』という情報ペーパーを出しております。予定など少々と、ショートストーリーが毎回一本載ります。

ご希望の方は、編集部気付吉田珠姫に、『80円切手を貼付し、お客さまのご住所お名前を明記した封筒』をお送りくださいまし〜。折り返し（三カ月以内くらいに）一番新しいペーパーをお送りいたします。

取り寄せ可能なバックナンバーなどをお知りになりたい方は、ひとことお書き添えくださいまし。…あ、詳しいことは、ホームページ『吉田商店』のほうにも載っています。←

http://www.tamaneko.com/

では、末筆ではございますが、海王社さま、担当のM山さま、ほんと〜〜〜〜うに、ご迷惑をおかけしましたっ！　「前にプロット立ててるし～、これはわりと早く書けますよっ」とか楽観的なことを言ってたくせに、吉田、けっきょく締切破りをしてしまいました……。あうあう（泣）。申し訳ありません～～～～。

それから！　なんといってもイラストの高永《たかなが》ひなこ先生！

わかりにくい設定ですみません～。衣装もめんどくさくてすみません～～～。でも、怒りすぎてて常に血圧高そうな羅剛王と、めちゃめちゃ愛されてるのにまったくわかってない、ちょっとヌケてる冴紗（笑）、二人とも、イメージぴったりですっ。

素晴らしいイラストを、ほんとうにありがとうございました～っっっ。

ということで、――初めてのファンタジーＢＬで、内心ドキドキしております。ご感想などいただけたら嬉しいですっ。

皆さまにふたたびお目にかかれますように、祈っております。

吉田珠姫　拝

吉田先生「神官」刊行
おめでとうございます。
らごうさまに
めろめろです♥
高永ひなこ
ラフの時のんなので
ちょっとカオが…
ちが…
吉田先生・担当様
ご迷惑おかけしてすみませんでした…
ファンタジーは大好きで
お話もとっても面白く
楽しく仕事させて頂いたのですが
私の筆力ではとても力不足でした—

KAIOHSHA ガッシュ文庫

神官は王に愛される
（書き下ろし）

神官は王に愛される
2005年9月10日初版第一刷発行

著　者■吉田珠姫
発行人■角谷　治
発行所■株式会社 海王社
〒102-8405
東京都千代田区一番町29-6
TEL.03(3222)5119(編集部)
TEL.03(3222)3744(出版営業部)
印　刷■図書印刷株式会社
ISBN4-87724-508-1

吉田珠姫先生・高永ひなこ先生へのご感想・ファンレターは
〒102-8405 東京都千代田区一番町29-6
(株)海王社 ガッシュ文庫編集部気付でお送り下さい。

ガッシュ文庫

# 小説原稿募集のおしらせ

**ガッシュ文庫では、小説作家を募集しています。**

**プロ・アマ問わず、やる気のある方のエンターテインメント作品をお待ちしております！**

## 応募の決まり

### [応募資格]

商業誌未発表のオリジナルボーイズラブ作品であれば制限はありません。

他社でデビューしている方でもＯＫです。

### [枚数・書式]

40字×30行で30枚以上40枚以内。手書き・感熱紙は不可です。
原稿はすべて縦書きにして下さい。また本文の前に800字以内で、
作品の内容が最後まで分かるあらすじをつけて下さい。

### [注意]

・原稿はクリップなどで右上を綴じ、各ページに通し番号を入れて下さい。
また、次の事項を１枚目に明記して下さい。

**タイトル、総枚数、投稿日、ペンネーム、本名、住所、電話番号、職業・学校名、年齢、投稿・受賞歴（※商業誌で作品を発表した経験のある方は、その旨を書き添えて下さい）**

・他社へ投稿されて、まだ評価の出ていない作品の応募（二重投稿）はお断りします。

・原稿は返却いたしませんので、必要な方はコピーをとって下さい。

・締め切りは特別に定めません。採用の方にのみ、３カ月以内に編集部から連絡を差し上げます。また、有望な方には担当がつき、デビューまでご指導いたします。

・原則として批評文はお送りいたしません。

・選考についての電話でのお問い合わせは受付できませんので、ご遠慮下さい。

※応募された方の個人情報は厳重に管理し、本企画遂行以外の目的に利用することはありません。

## 宛先

**〒102−8405　東京都千代田区一番町29−6**
**株式会社 海王社　ガッシュ文庫編集部　小説募集係**